湘鄉曾氏文獻補

臺灣學生書局印行

國家圖書館出版品預行編目資料

湘鄉曾氏文獻補

(清)曾國荃等編著. – 初版. – 臺北市：臺灣學生，
2022.04 印刷
冊；公分(中國史學叢書)

ISBN 978-957-15-1537-3 (精裝)

856.17　　100014971

中國史學叢書
續編

湘鄉曾氏文獻補 全一冊

著者：清・曾國荃等
出版者：臺灣學生書局有限公司
發行人：楊雲龍
發行所：臺灣學生書局有限公司
臺北市和平東路一段七十五巷十一號
郵政劃撥戶：〇〇〇二四六六八號
電話：（〇二）二三九二八一八五
傳真：（〇二）二三九二八一〇五
E-mail:student.book@msa.hinet.net
http://www.studentbook.com.tw
本書局登記證字號：行政院新聞局局版北市業字第玖捌壹號

定價：新臺幣一〇〇〇〇元

一九七五年四月初版
二〇二二年四月初版二刷

6580247

湘鄉曾氏文獻補前言

吾曾氏自衡陽遷湘鄉三百餘年，凡我族眾咸遵宗聖曾子遺訓，孝友傳家，詩書裕後，蔚成風教。至前清中葉，先曾祖文正公昆仲，為扶持名教，振刷綱常，出而治兵，身經百戰，卒平太平天國之亂，致清室中興。其勳業彪炳，載在史冊，而其個人修養，基於家人祖孫父子叔姪兄弟間心神相通、精誠感召者，則散見於家藏之文獻。

文正公及忠襄公之平生著作及一部分家書

、家訓，早有專集及選刻本，至今尚流行坊間。其未經刊布之遺稿，庋存故里。近歲以來，屢經喪亂，一部分已經散失，幸尚有一部分間關轉運來臺，珍藏二十餘年。民國五十四年曾就其中擇先曾祖文正公之家書、家訓及手稿，先叔曾祖兄弟澄侯（諱國潢）、忠襄（諱國荃）靖毅（諱國葆）三公，先祖兄弟惠敏（諱紀澤）、中憲（諱紀鴻）二公及先祖姑崇德老人（諱紀芬）之家書，都為一篇，交臺灣學生書局就原件影印，名曰湘鄉曾氏文獻，以供歷史學者之參考。

茲續將餘一部分未刊遺稿整理成篇，名曰湘鄉曾氏文獻補，仍交臺灣學生書局就原件影印，以存其真。此篇內含先高祖竹亭公（諱麟書），叔高祖高軒公（諱驥雲），叔曾祖澄侯、愍烈（諱國華）、忠襄及靖毅四公之家書，其中頗有全係家庭瑣務，甚至偶有不愉快之事、不足為外人道者。惟以治平之道，首重修齊。欲領會文正公一生修齊治平之績者，宜先瞭解其家世及祖傳孝友禮讓之風，方知其由來有自。故以此遺稿公諸於世，當代史學家幸有以教之。

中華民國六十三年六月一日湘鄉曾約農敬識

湘鄉曾氏文獻補 目次

五、家書　曾國華（溫甫）

六、家書　曾國荃（沅甫）

七、家書　曾國葆（季洪）

有子孫有田園家風半讀半耕

但以箕裘承祖澤

咸豐四年正月上旬

且將艱鉅付兒曹

竹亭老人自撰命子國藩寫

無官守無言責世事不聞不問

湘鄉團練單

為傳知團練事。竊思患必須預防。有備乃可無恐。團練鄉勇。富者可保身家。貧者可保性命。意至美。法至良也。今因粵匪不靖。逼近衡永郴州。 制軍駐衡防堵。長善湘潭等處。均行設卡戒嚴。我縣上通衡永。下通潭善。猶恐匪黨竄擾。迫不及防。且慮近處土匪滋端。勾引外賊。如前年排飯之舉。是其前車。若不早為堤防。萬有不虞。真正措手不及。幸我 縣尊奉 上督行團練。久已出示鄉城。我等均已知悉。但各里認真舉行者尚屬寥寥殊非保衛地方之道理合傳知凡我縣中即從二十二日起各傳各都各傳各坊照後酌議條約認真辦理保性命而衛身家莫此為善祈各同心合力免貽後患須至傳者

一城鄉練勇都是守望相助並無屯兵調兵之擾無事各安家食有事互相救援惟製造器械閒行操演亦應籌畫經費貧薄者可以不派殷實之戶亦隨量力捐輸總相其時地之宜不執成見庶一團和氣眾志自可成城也

一團練不專資禦侮其中並有弭盜之方練總約束練長練長約束散勇乎

日必照五家一連十家一連取具互結不許停留匪類互相稽察則內匪無自而藏外匪又何從而至此團練之法與保甲之法相輔而行者也

一練勇必先派勇大戶幾名小戶幾名或大族合出若干名小族合出若干名就其團之遠近勇之多少設立團練總幾名其中或十人或十餘人設一練長編立清冊不必送官各存各鄉以便查核

一城內較鄉間團練更易鄉間充勇者散處四方城內充勇者聚處一市辦理之法仍照每家或出一人或出數人各自備食用或不能出人雇工亦可不能雇工者不強派出所派費資以備軍裝器械賞犒等類不必強派

致滋事端無事各總自為操練有事各總聯為一體總期一氣孚心可資
捍衛。是在董事者之實心舉行云。

一近城一二三坊。一二三都。附郭之區。與五都衡州通道要隘。尤為邑垣
保障。日內即宜踴躍舉行。凡各衝要之途。定須留心防守。

一上中下各里都。都要練。區區要練。彼呼此應。不分疆界。數十都直如一
都。倘一都有某區不舉。一區有某家不從。且或造布謠言。於中阻撓者。
紳保定即指名禀究。

一團練之法。無論地之濶狹。人之多寡。或十餘家一團。或數十家一團。或百餘

數百家一團又或合一族為一團合數族為一團小團大團合之總相連屬是在行之者因其地。擇其人。相其時勢。庶無一處不可練成者。

一練勇必須製造器械。號褂為先。萬一有事。昭其辨別。方可齊其隊伍。其餘竹鎗鐵鎗。長刀短刀。及防夜之棍棒。鎗銃箭弩。各隨其費之多少。酌為預備。

一本團與附近各團。先為約定。無論牽抄搶劫。凡遇賊警。或擊梆。或鳴鑼。使左右近隣。先來救護。一面轉相遞報。並放三眼響銃。使遠團亦來團捉。有一家不至者。查出處罰。但平日婚祭。及一切喜事。祇許施放爆竹。

不許放銃免致混誤

一或一家有警本團及各團来救者一切酒食等項不得煩擾被害之家均由練總及地方首董如何安頓亦在團練之時先為籌備乃不致臨時掣肘以上各條董其事者認真辦就守望相助真是有備無患矣

咸豐二年四月二十日閤邑紳耆　公傳

一、家訓

作者：曾麟書

乾隆五十五年庚戌生—咸豐七年丁巳卒
（公元一七九〇—一八五七）

曾麟書字竹亭譜名毓濟，湖南湘鄉縣人。父玉屏字星岡督教甚嚴。麟書困學傳業者二十餘年，至四十三歲始補縣學生員，不再進取，發憤督教諸子。長子國藩以進士入詞林，累遷至禮部侍郎，咸豐二年壬子丁母憂返籍，奉召出辦團練，並促其墨經從戎，因大治兵。嗣麟書復令子國華、國荃、國葆（易名貞幹）從兄急難，國藩與弟國荃遂靖太平軍之亂，論功同封侯伯，朝廷因有一門忠義之褒獎，而麟書亦以誥贈同國藩國荃之爵秩，為世所爭羨。

當國藩於咸豐四年正月復出時，麟書自撰聯語命國藩書之。聯曰：「有子孫、有田園、家風半讀半耕，但以箕裘承祖澤；無官守、無言責、世事不聞不問，且將艱鉅付兒曹。」此聯流傳甚廣，至今傳誦。

麟書父玉屏晚年病痿痺瘖啞，起居造次不可少離麟書。麟書至孝，侍父疾三年，未嘗得一安枕。曾氏以宗聖之裔，講求禮制，遵行聖訓忠恕之道，篤守耕讀家風。麟書雖僻居窮鄉，而志存軍國，令諸子從戎平亂，遂大其宗，國藩兄弟功成名立，世皆謂得之父教，今可於其家訓中證之也。

藩男華男知悉五月初十陳岱雲專人送爾第六
號家信外紋銀壹百兩大定遼參五枝再造丸二
顆均已收到備悉一切
祖父大人萬福金安除偏癱之症外無痛楚夜間子一人
在房內同宿奉事極易昨服遼東參再造丸本為有
功然劉三爺丸藥已久未服而四月以來日見平安大
抵勿藥有喜于此兩年內夜飯加餐精神自覺健爽
則人人係養身體總以飲食為主但要食食有常耳外

此即極貴之物諸不及也長孫紀澤與桂陽州李家定親
李家從起有人家教甚好與之定親極為美滿次孫
郭兩山欲妻以女予在京時面晤兩山其人和平謹遜有
載道之器其家教又勤儉可風與之結婚亦極美事予婿
面稟　祖父大人均已歡允不在京與此兩家訂明可也
滄溟先生謀衡陽書院一席李仙九先生之信已送交陽
家此刻伍存蕎諒已接到爾去年借封罕千與彭大森
云彩完至我家以藏十千送滄溟先生作賀禮彭此刻

尚一文未楚之瀘溪女子於前月中旬歸家嘗許予擬嘗許
前一日英送鈔式拾千親至其家道喜今年正月初八瀘溪送來羊十与我家作賀親自來拜壽
予欲回步因有此議爾前信有付銀歸家零用及付銀
周旋族戚此是爾一片好心予因信內言詞未分輕重偶有
辭難予於第一次信已言字信太過爾因未接到第二次信
遂數次辯明家中此時尚優裕爾不必過慮其周旋族
戚於是做官的美舉爾付銀回予照單行之決不有失在
京所許神戲前月內酬完月半過錫七月十一起十三日散

均已料理。尔寫家信凡他不関之事宜另寫一片，不必載在信內。華男今年用功有恒，堂上老人接信不勝欣幸。而華男寫信與老兄老弟每每愁苦語，凡作詩賦宜避窮愁字句，寫信亦宜自來乘風破浪，得時而鳴焉。古其文章詩言，未有不和平暢快令人可愛者也。至囑至囑。長孫讀書恩慎甚好，予甚愛之。用功有常，不求速效，而有效。宜善教之。

六月初一日竹亭手書

蕃男知悉予在縣寄信三次諒已收到此次是漢男
三人寄來夸男講書讀書作八股極為有理童子心要
入理然講論入門心必粗然八股入門心方細代聖賢立
言孝弟忠信仁義之理皆能委述微何等光明即以為
獵功名之捷徑而有志進取亦是聖賢不忘世之
苦心也　科運之法數百不易者惟制藝耳爾等
亦不必深鄙也此後教紀鴻讀書宜專作八股至囑至囑
十二月初九夜三更時於亭手書

潘男知悉三月初三接爾第二號平安喜信不勝欣

四月十四日接到

幸家中清吉

已酉第四號 福金

祖父大人萬安自正月下浣起

祖父大人因受風寒身雖舉動夜間予人不能奉

事潢男等代予勞華荃葆三人夜間雖亦遞換

代勞因讀書在館潢男出力較多此刻

祖父大人體已復初予將與潢男更換值宿以奉事

其餘眷口清好華荃二人三月初三日開會題仁者安仁二句

二人文章均好初八日題君子無眾寡三句蓀男文章詩字
今年大進功文章請華男改讀者專齋發憤教
者亦善於引導可謂兄友弟恭相與有成尔在京於
諸弟儘可放心正月廿二日尔蒙
皇上天恩升禮部右侍郎廿三日
召見訓誨諄切尔惟贊襄庶政矢慎矢勤以報
皇恩於萬一尔官階既高接人宜謙一切應酬不可自恃
見各位老師當安門生之分待各位同寅尚書卿

恭之誼重於同鄉官如何子貞者請渠作
祖父大人七十壽序寫作俱臻絕頂者此學問品行必
端亦宜寡待之外官李石梧前輩癸卯年巡撫
陝西爾是年放四川正考官道過其地渠待爾極
好並受其指教為惠最大渠現擢署兩江總督
爾以書信問候而已兼有人干以私情宜拒絕之
做官宜公而忘私自盡厥職毋少懈怠已耳此囑
己酉年二月初九日竹亭手書

再者紀澤讀書記憶諸好甚寡教書不可求
速效循循善誘教之有常自能有效紀澤體
好對郭雨山之女為婚不知已訂聘未訂聘紀澤
宜聘余曾有信言對常南陔之女郭筠仙作媒
不知已定未定下次信回詳言之為要余今家歸宜
保養身體紀澤兄弟姊妹宜善接養身體
強健福蔭大矣余時公務甚忙家信用行書
可也 堂上老人請安帖用楷書 竹亭再囑

父麟書泣告藩兒知之尒
祖大人已於十月初四日未刻長逝矣予兄弟依〻膝下數十年
一旦永訣腸肝寸裂痛哉前七月接尒家信滿紙思歸猶
曰久宦之極情耳今又接　祖父之訃信一痛　祖父之長別
一念予夫婦及尒　叔父母之感傷其何以爲懷念　祖父
自丙午病後予兄弟卒合家眷小無片刻離左右　祖
父能言時見予等侍病必以保身體爲囑今日遭此大
故予非不知哀思特不敢過於毀痛致損軀體轉傷

祖父之心也 祖父生前愛尔特甚以尔受 國厚恩必能盡
心報効尔今日聞訃信能體 祖父此意即所以孝 祖父母
以感傷之故而更繫念於予夫婦也至囑 祖父棄世以初
四日初七日大斂成服初九日即發訃信於尔計此刻到已久
矣做道場現已擇期本月廿六日起廿九日散歸空則擇期
十二月初九日一則大夫以三月而葬為禮二則 祖父平日最
惡人子欲求吉地久暴親柩今之速葬亦 祖父意也安厝
之事予兄弟萬不至苟且尔不必挂念甲三體氣頗弱近
已壯健否善為撫養餘不多囑十一月初三夜父示命華男筆

父麟書字白

長男知悉九月中旬接爾七月所發家信滿紙皆思親之詞十月初四日爾祖大人即棄養大抵骨肉之情隱相感通家門將有大故遊子在外其心先即不安是亦預為憂患之兆也十年宦游思親本人子之常情然而爾數年之內頓躋卿貳受恩亦太重矣努力圖報即為盡孝何必作歸家之想今卜十二月初九日安厝祖大人靈柩人子之事止此一時予兄弟總求必誠神悔于後焉耳爾在京不必過慮予夫婦現皆精神强健爾欲遂思親之意

或予夫婦就養亦可或明年　恩科亦得主差便道省親亦可至若

專摺乞　假旋里則不可昨又接爾十月初四兩發之信爾因諸弟鄉試

未中言及我家祖澤甚厚發達不止一人又援我縣鄧羅二家之繼

起無人以為慮我家　祖先代無失德爾諸弟又皆年富倘發奮讀

書將來必食　祖德之報鄧羅二家本無讀書子弟故繼起無人嗣後

爾寫信祇教諸弟讀書而已不必別有議論也潢男現佐予兄弟理家

政本無暇日讀書華男荃男葆男此後俱好讀書予益加督責爾不必

挂念爾在京夫婦善自保養　紀澤病已復元入館讀書甚好　紀鴻及四女

孫嗣後善為撫育餘不多囑

十一月初三日予寫手卷一紙與尔命華男華不知接到否
其意不過勸尔不必作歸宗想耳

十一月十八夜父字命荃男華

華男蓉男知悉初十日已草草用京帖請于東翁
新錄兩日正開章程竟有畢一精細之規峰南去
於意外地前任新只式亦可以想方踪補劉霞仙縣試四三
場閱題四場第二五場題 琴瑟二句 詩題 買花聲 肥幾許 漱渡聲 濺屐聲
四首七律第一人定是霞仙地京信中可載此番字
大小差均好蓉男身體復初乎起程時行李一切諸
蓉男手辦未兄弟儘可放心專心讀書保養身體
自然用功勿常至囑

三月十五 竹亭手書

藩男知悉三月初九接到第二号安信備悉一切家
中清吉予夫婦強健叔父嬸母福安其餘眷口
皆好丙三丙四皆好可愛甲五讀書頗有常今
春雨暘時若現在穀價各處皆鬆房內惟楚英
八叔得病數月其勢甚亟需用錢穀予兄弟
未曾少吝命之修短有數救不救未可知也我縣
邑尊朱明府（名孫貽號石翹在刑部十四年改捐知縣署寧鄉有循吏政績）
到任半年清廉勤儉謹慎謙和有識有

有才丁門書差全無半點權役下有道為法有常

近來知縣所僅見者也因我縣錢糧攀附縣內紳

耆幫辦共說不一　邑尊初十用書信接于來縣商

権縣事來未出門　者此縣官不得不晉縣一見

十月起程　是日到縣十三四五日眾糧戶商量將有

邑一輸納不假書辦仍不雜書辦實一縣蒼生之福

聖恩豁免積欠此次我縣獲惠甚多民間華封三祝

無何如之于惟望爾靖共爾位輔佐

聖君新政天下久享昇平之福無愧歷職即是報
皇恩於萬一也至男身體已好此後宜知保養尔向
擲危尔癖疾全愈亦宜知養其身體甲三讀書
作論作詩筆意甚好寓地嘉賞但四書文章
亦宜講究代聖賢立言正可以養其孝弟之心仁
義之理所園嚴失不可忽略孫男孫女皆要為保養
去年寄歸身體甚好此刻諒已強健愈宜保養
至囑
二月十四日　竹亭拾片

華男葆男知悉十五日着歸四來書院家中一切
尔兄弟已備知之家中堂屋於神堂上安照面置三
尺棺板以便收

誥軸

御服柏冠冕皇皇以家尊掌之意通融所定
之事已有章程並五月初十以前行浮殯
已下接歸行去真已蒼生之福也積男擬在四月歸
家一切事宜亦可以代勞辰下子歸四月初一要

到永豐和六要到樓座亦非易易也　邑尊
朱明府考試甚好劉霞仙作首人人悅服
圍場雖小以題嚴之以規所以得取真才其勤
儉清廉謹慎知縣中所僅見者廿日王二來
接予得家中平安信人人清吉楚楚姜八叔用王
翌二先生藥已得大愈現可行走吃一碗半飯此
亦大幸幸事也　余兄弟在林屋山總以保身為主讀
書有常是予之厚望矣　二月廿一日三更竹亭書

藩男知悉二月廿七發第二號安信諒已收覽三月十二邑尊朱明府為公事請予至縣予已五年未到城市今因朱明府好官為公事來請即日起程赴縣廿二日到家一路清吉公事妥當予精神甚好爾母強健拜父孺母福安其餘大小眷口皆極好叅男體將復初不在京儘可放心房內眷口均平安惟楚寶八姪大病現已大愈可以自己行走安餐吃得一大碗飯鎔穀予與拜父未嘗積蓄楚寶讀好時亦極力周濟

因尔曾有信言及旦先弟和好不論遠近請宣說汝
王國九王章五兩家皆好家業亦順遂今年鄉間
秩敘甚好
皇上勵精圖治天降康年可望富足今有衡陽縣進鄉水
口別從振現任寶慶府武岡州教官託請貤封祖父
母及父母
誥封已送錢叁拾貳千文至我家其請
封須用之費望尔在京代用此事即準尔付家常用之

數尔在京清苦予本知之而此好事不得不為劉翁
玉成之尔得信後如何施行下次信內載明可也尔供職
卿貳輔佐
聖君新政以報
君恩宜保養身體精神好則供職莫難也三月廿五日竹亭書

八月八日接信

藩男知悉六月廿三日接尔五月十五日安信備悉一切尔在喬太守處寄銀柒拾両一品補服紅頂及各物均已收到家中順遂

祖父大人萬福金安今年二月已来病體日衰而別無痛處雖不能言而每日順其意輒有歡容又能久坐飲食有常日夜無片刻無人侍左右尔在京儘可放心今年家中所發之信惟第一号尔未接到信內言尔去冬寄銀給各房親族戚及六房內

應試者若干乞食者若干清已如數發給並有
單寄來既未接到今又命荃男再開單寄來
開係尔有錢寄來否有信回家必如尔意送給
斷不至有絲毫錯誤今歲湖南米貴如珠居家
鬧事惟我境貧富相安固人心醇良亦予料理尚
早也目下雨暘时若年穀豐登人歌太平不知別
省如我湖南否也家中瑣瑣及房族親戚各家尔弟
必詳悉言之 予不贅

月廿日 竹亭手書

第[illegible]號起

溫男沅男季男知悉前月廿七日予在家起程至永豐本月初一至縣垣家中大小清吉予精神甚好鄉間各處得大雨我境初四得大雨大有豐年縣內錢糧章程已定民間樂輸秦錢空不得誤季男臨場揣摩墨卷一心讀書切莫分心好務心不專則業不精心馳於外則業荒於內此不可不知所戒也況本命豈上藏候替楚山趙姐代庖是舍其田而芸人之田也抑已何益至囑至囑溫男予前次信內告誡甚詳知過已改過不勝欣悅改過不吝獲福甚大古聖人位極九五之尊尤寬宏

仁德莫與京而先立於能改過以能納臣工之直言疑毅此德福也況爾

受父之苦識可不亟亟改過乎心過一步以改過德必進一步以受福

自然之理也兩月以來屢接家信爾來書一一妥帖不解何故（爾長兄署刑部左侍郎爾當選壽帳）

爾生母年將七十乎亦六十有二矣爾實能改過遷善又積小心

高大將見諸福儘來乎夫婦協和無患矣爾父生平大爲

尊顯而於格外一種仁愛又有一種期望之心爾實能改過自

足以副爾父母之望豈不幸歟爾其勉之況男兒者不日就試

即取超等亦之文章耶抑

祖宗之餘德耶此時宜自修思惟是尔體初復元尤宜保養

保養則精神固精神固則文章健文場大戰庶可振拔

温甫文章頗勝諸弟惟保養精神則茂業不中其中者

文章其所以能中者精神也尔兄弟二人其共勉之初九日手

可以歸宇來月下旬乎乎温甫大約皆要出門料理公務此次公務

勞苦在先將來一勞可以永逸

天子之恩也縣主之政也湘鄉編氓之福也事至今各得雖成

在外切勿輕言至囑了

七月朔夕竹亭書於行在公館

藩男知悉九月初八接尔又八月十二所發安信備悉一切今年湘

鄉鈔粮三倉 邑尊朱石翹父台興利除弊請予出力帮辦

上忙較常年收得数倍好下忙將及收得靖南漕九月十八日

開徵粮書弊竇務除民間輸將爭先予初十日到縣十八日完

清鈔漕十九日即歸此刻鈔漕徵之自官完之自民催之自

差书吏經手辦理必有聽者之衆（畫一之規）予数月来主堂鈔費力不惜

者因为此好官得賤好事合都紳耆皆踴躍從事所以甚易之

也予夫婦皆強健外父孺兒均安康尔儘放心 九月十四 竹亭手書

藩男知悉十月廿五接爾十二号安信吳鏡雲寄潢男一信 一頁
安化縣知縣李明府一信備差一切不知何人寄來家中清吉予与爾母
強健外父孀母安康其餘大小眷口及蘭姊蕙妹兩家皆
好本房均清吉惟楚善八弟病故我家錢谷用去不少
潢男前次寄信諒已告明十月初二為祖父大人佛會五日
約用貳百餘金事皆季男辦理華男不理事荃男是
旬有疾不可以風至初二已全愈潢男在縣帮辦公事
今年錢粮公事辦得極好朱石翹父台不受錢有能

有為不為吏所感除弊務盡除惡必去百餘年積弊一二頁
旦去之千百杭戶一旦樂輸甚非易〻予與趙玉班朱堯階
賀石農劉月樵及潢男等十分辛勤幫石麹文台辦成
十月廿日我都米已齊工各都均踴躍完糧者歡聲載
道至樂捐以彌補工食戶房書辦虧欠而領隨各姓捐
照樣去年糧戶兩房包徵浮收除連捐項外而是減價并
無勉強者我縣會匪熊聽一件匪黨甚多石麹文台
去拿近處勇壯趕通信約遠處鄉勇來幫時地不的

以致欠利比地鄉紳耆保即夜派人衛官次日數千鄉勇
官勇往回剿鄉勇眷屬知方即破其巢穴獲首犯黟
黨共載十七名 劉軍程晴峯先生認真辦事衡州
齋匯左宮保三年亦閱奏摺已知此事乎先在劉軍公
館先行密告竟即委員來縣協辦此時石魁公台
偕委員解會匪共五十二人往衛 劉軍親審即行稟
奏嚴辦巨賊左光八已被濱勇購線拿獲 官自供
十三歲做賊現已五十九歲罪惡貫盈不久身故來我縣糧

餉會匪二事相因會匪有積者不少抗糧之户從此生端（四頁）

而會匪之羽翼更多虧欠公項之户房又從而陰護之（其壽卡等書吏也）

所以不畏官催不懼國法今年頗有些好劉軍好

縣官紳士乃敢出力幫辦真是官清民安而其源是

天子勵精圖治大臣法小臣廉天下定必久安長治也尔荷

聖眷身任禮刑兩部刑部事重尤宜勤慎認真辦事以報

天恩 予於公事外私事全不與聞非公事斷不來縣瀆男

與沅蒲亭各紳士舉為書院經管二人除公事外私事

一路不聞尔在京僅可放心予守　前人家祠房內子弟均令[五]
其各安本分尚有穆肴蘇素氣象素隱曾排山觀至
我家其父十月十三安葬求予點主堅辭不允初七着人來
初八起程予在途中過生辰　十二履其家蒲六琇卿等先果時好
十三點主十四住一天十九到家廿一予由家再赴大約要些月
十八九方可回家因公事初定　官又往衛不能抽身歸家
十八日羅樹森爲其子完娶　弟又來縣吃酒予就肩
要歸　潢男前月廿三歸今月[十月初九]新遷腰方裹新屋家眷

六頁

待辦有一切方同隊上去此句予應酬甚簡而精神較

常年更好而得精神食用金出也公事畢後予仍杜門

不出課孫子校點農事字要之性而已耒陽譜三種亦在京

報其母節孝傳文稿即為主坊亦可為查請鄧文正轉

南省歷判元史裁取知縣可先改教職否同縣岸人鄧涇瓊來

京會試其人忠厚善文章惟年華不中進士願留京

託尔甚為飯食讀其人可薦也我縣而不出入公庭善士也

今日接家信弟文不來吃澁華男送母來羅家拜父

需乎就直城赴席以便借暫完膺者覺西之事九月下七頁
旬報樣江岷植有功　嵩相國有奏分別各將之功賀縣
陸川博白二縣泗城府西林縣三處賊匪渥大合五州八陳之等
共有萬餘人均已剿殺未剿者太平南寧一帶潯州宣武宣
鬱林橫州等處狀雖破如洪秀泉馮云山萬野貴炳以先登之
男名四布匹七人盤踞桂平兩縣交界之所而相國已有破賊之法
天子神武必能不日平定爾在京供職不必越俎代庖紙上談兵
本家大小眷口總宜保養身體此囑　十月初九日季揆府

藩男知悉我縣會匪極多、而為首者、熊聰一、熊幅二、劉汝盛、劉汝吳
青、其衆與粵兩行為相似。為之謀者。王祥二其人朱肖山之表兄。
朱親家深以為慮。求予殺却是人。弗為會匪。伊樹人言。熊聰一之事。
勝負在九月。何必多言乎。得此信。查衡州齋匪亦九月起事。顯有相
通之勢。所以上通信於劉軍在縣與　石翹父台家商。假借銃粮。
上永帝。五月廿三夜二更起行。帶鄉勇百餘。到東屏。命其子霞仙帶
鄉勇二百餘。東屏一帶之人。天未曉即到熊家。大戰一場。受傷者
數十人。重傷八人。比斃一人。肚子打出了。已刻官到。東屏所帶之人告

有一半可用。合力同攻。至未初。受傷者不少。官鼻準受一傷。頭
上頸上。受子。冬帽府領隔住。帽領皆破。而 官不少退。地方紳耆
止住。待明日再為籌畫。官要捉獲。予5先陪等。在永市等候聞
三胆顫。而 官有胆有識。是夜傳集就近紳士。如何帶人。不要予在
永市帶人。進太遠。廿晉。天明去捉。自卯至辰。人少。賊多與官敵。及人
來數千之多。賊逃走。而熊聰一熊幅二。比日就誅。王祥二等廿
七八乃獲。比共獲廿七名。王祥二一族。不完粮。皆祥二把持。今祥二闔
罷。一族皆完粮。爭先恐後。王姓今匯南有。陸續解。熊聰一 王祥

二等。蒙 制軍与各憲。連日鞫訊。過堂畫供。議定首犯斬梟。從犯斬決。餘均擬遣。擬軍擬徒。已經發 奏

上聞、尔在 刑部 告各堂官照 制軍晴峯先生所議。萬不可少減一等。並要早早就白。行知 鄂 制軍、以及南省巡撫藩臬各衙門。使知王法會匪早早正法。令各處會匪及我鄉餘黨聞之自絕潛消。現在練團。各旗有會而不匪者。令其具結自新。此一法乎在 制軍前求明。赦人不少。即為匪未甚者。亦準其改過。不辭有戶旗團頭管理矣 不覺久住兩年。我鄉風情俗美。目下已改去

其前匪類。而餘孽未靖。非有膽有識者。不能勝任也。

今皇上不忍而感。粵西不難指日平定。而南省各府各縣。要使無齋

匪會匪。一時戢定。自然消除。則已獲之犯。定要嚴以正法。早梟

首以示眾。庶餘犯自畏法改過。其效可立見也。予在鄉。本不宜干

朝廷之事。但草野匪類。不能上聞。又已經劉軍門及各憲

議定。想爾在刑部。各堂官問及。爾不能詳對。故寄信以告之耳。

二十夜書初九付寬亨接信

藩男知悉十一月初九發安信來京。初十在縣。接爾十
月十三所發之信。備悉一切。十三奉
聖旨入武闈。所取人材。定必有勇之士也。所言紀澤定賀耦耕
先生之女為室。擇期訂盟。而以為庶先獲之。娶媳求淑
女。佳兒佳婦。父母之心。所以兒女擇配。父母主之。祖父
母不敢與聞。亦曾寄信。要予在鄉為紀澤求淑女于未

應允不敢專其事也。耦耕先生之女。係羅羅山作媒。亦從前寄信回。言一堂對賀氏女。適予為公事去縣。接信時。羅山看者亦來我寓。予問其女。羅山詳述其女端莊。體好。真淑女也。耦耕先生夫人。壺範甚嚴。如夫人陳氏。女室人家女。年較夫人稍長。佐內政甚好。霞仙自省歸。予問及。亦如羅山言。華男目見其女。予問之。云若對此女。

三

異日禮度。可接祖母懿規。于是擇期訂盟。令尔又言是庶出。異日其姑必嫌之。紀澤亦必嫌之。尔不能禁止。此尔飾非之詞也。尔初年作媒者不下十餘人。于不願對。皆祖父大人所不願者。尔岳父滄溟先生。以其女來對。 祖父大人能從。尔 母不喜。一則嫌其年小。一則嫌其禮小。厚奩之說更不必言乎。 祖父之歡縠從對之家歸在家六年。即夕隨

尔母而堂弟弟之姪者乎耶乎之他尚可以自問若紀澤

來京年祇一歲乎送之四千餘里之遙十路平安誰之力

也乎為之定一湘女豈可以庶出為嫌乎昔衛青為外家

其母又不能上比于庶衛青為名將是家湘女豈不肯與為婿

乎目前陶文毅公與胡雲閣結婚姻陶女庶出也胡

潤芝為太守初不聞其歸潤芝官聲甚好官階

不可限量。異日其婦以夫榮。

誥授夫人。庶出之女。又何如尊貴也。爾宜以此告知爾婦、爾子。夫者扶也。扶人倫也。爾婦宜聽爾教訓。明大義。勿入纖巧一流。至父母子姪。紀澤尤當細細整之。勿長驕奢之氣習。我家世澤本厚。爾宜謹慎守之。況爾前信內念及耦耕先生。弱與結姻。人人咸知。今又以庶出不顧其女。更有何人

素對管氏國難為情。即尔此心何以對耕耕先生於地
下。尔寄信於予要對此女為媳。予又為之細密相擇期訂
盟。今吾在不對。文何以對予於冥上。來書云。大約對度
陸平之女。冢婦曾見而愛之。此予讀男在京時。已薦尔
已尔母不肯對。即非姻緣也。何不再作此想。賀氏女於去
回時。即還羅羅山。此亦姻緣。亦宜非人力所能為。尔夫婦即

一心以此女為媳。紀澤一心以此女為婦。男自賀氏女來我家主中饋。紀澤得正續光大門第。必紀澤夫婦也。唐先生乃說出。亦是好事。汝乃不悟此意。區中矣。予以爾列鄉任國家大事。得與聞其稍責明斷。況為男兒宜婚。亦宜自主之。予亦必不多出議論也。此囑

十月十一日竹亭[illegible]

潢男知悉 初九尔夫婦父子移居那 群父大人

攑 文昌聖像隨送 群父福星文昌文星福星文

星列宮尔夫婦父子亦能光大門第 富貴榮昌但

富自信來貴由勤得 蓀男我爾等宜勤尔居家宜

信諸福之至來者不由自己致者也昨 接 蓀男之

信紀澤訂配賀耦耕先生之女而於居生存撫將

書不諒之處予寄信與藩男長言以責之一字要賀
氏女成姻佳耦天成非人力所能為予已擇期訂盟
而汝不對賀氏固難為情予亦何面目對人也所為長
言之以戒之　耕父要予在羅家唯酒甚美深讓我吃
來之勞也兄之醉也但藩男無寄皮袍襦毋來時便
帶來以便赴席此囑　十月廿十日竹亭椒

藩男知悉十月予在縣寄信二次來京諒已收到十

二月初四接到家中安信亦 母康健并及福安孺母在

寫家信至明年六七月乃歸

縣平安其餘大小眷口清好予在縣久住月餘亦以十則鋪

漕之事先等糧房包徵包解今年忽改作官徵

官解要個票告知鄉民鄉民不受都書之累又不受

都書之卞人人方便易完故都都踴躍十二月初二日頒郡

米已出長河二邦米在十一二丈可出去百餘年未有如此
爭先踴躍者惟咸姓書稱清口不服公道稍與官執拗
官以清廉清民心直通諸心悅誠服此小疏不豈震咸姓
太無理現在亦有悔心今年我縣錢漕會通來不勉交
台端傳擁護總無六用人得宜紳耆之努力擁護為力
亦不少人矣百姓沐

新天子之覃恩溥前頒抗之習改度一時觀於鄉而知王
道之易易世世時也乎初十日乃歸宗精神甚強健按膝
常年行將事戒亦有神祇鑒爾之依也添梓嫜曉太祖
妣母十二月初一壽誕有客卅餘席我家備壽屏一副
兒所付之錢貳千文海參各物慶祝宗中過年之事及
讀男退信之錢俱已備完舊年所送各處之錢已

在河灘們季兄收書可陸千文明年河來京分陸續完（今年摺首）
渠經用我務孝廉進京如鄒與羅諸弟錢不多亦
不能洗并板人矣應男在滕程教紀澤甚好澤男已戒
烟否擬二三日赴皇宮一次閱黃上安否今五日一問安福
男前有信寄家于吳莊來付澤男信一件今付來此囑
十二月初六日竹亭書於新城行台公館

藩男知悉去冬予寄信三次此時應已接到一爲直縣完

國

課石魁父台捧字院保舉科亦復貴墓一爲官辦會匪避痒

懸跌深彰善亦復加意縣中正貞秀才加以獎勵一爲長孫

紀澤配賀氏女爲室三信惟此信是予一家喜事爾應遵

予之言一定許對先爲定期二月廿一日訂盟能亦丞待年

之回信予乃代爲行事新歲以來喜氣盈庭初四日茬男

生第二子辰正生植怵初七濵男次子得柴堯階之女為室寄焉爾母強健叔父孀母福安其餘大小眷口皆平安爾儘可放心爾位居卿貳宜靖共爾位以圖報稱於萬一今上聖明本漢唐以上之君爾有嘉謨嘉猷入告本當思善則稱君卿貳之職不以直言顯以善輔

君德為要誠意在未進言之先至書思進對和悅而諍在
聖君自然悅聽言事無不行矣
本朝以文章詩賦考言以字跡端方取士實屬不易之良
法爾教子宜急教做文章學小楷慎勿以予言為非鄙
而勿聽也今年
考大差事之家仍要爾赴考爾其細思而裁度之爾在京宜保

養身體宗婦亦宜保養孫男孫女均宜細心撫養
人生以無病為福保養善則諸福備至矣予兄弟要
鄰里恭敬予宗族以和睦而宗族鄉黨之人亦無不
愛我敬我者矣是又保養一境而同受其福也余聞之更
可放心於桑梓之地也此囑
陽牧雲姪孫要來京為可幫辦
宗事予並未阻其行
咸豐二年歲壬子五月初十日樹齋手書

蕃男知悉胃丸接尔去年十二月十一之信備悉一切

並接紀澤手函字跡端方再言詞體尤為欣幸澤

之親事一定對賀氏之女佳偶天成家之幸也亦

尔夫婦之福也訂盟擇二月二十日在男寓舉

麓讀書府應辦之物請岳男早為籌辦就匠胡子

往省為尔代行之去年鑄雅較糧戶勇色繳

包解通縣計之要少五六萬千錢鄉間亦有不
感循良邑宰之德政手至指項以彌補虧欠
民欠六有七八千且所指者即在先年濟澂內廒
主又名辭名都於官並請於紳耆歸辦更
無論少萬千從中減些貸民不累一文亦可以也
鄉間觀望人情來字中事尔東詳了之好亨擔所
正月廿三日二更書

蕃男知悉二月十七子在縣開船十八日到省承
賀親家接至伊宅住十九日會各親友廿日料
理一切事宜廿一日喜期內外有客四席媒人二
位羅山先生與丁伊翁老師填庚男庚予親
筆填女庚賀請伊翁筆填祝神行禮及
安席陪客予神精神不倦尚是強有力矣

方伯恒翁因其弟官名德福与尔是甲午科鄉
榜大同年觀察鍾同年皆送喜予廿二日拜會即
日謝步送席方伯送魚翅海參四碗鍾同年送（子儀翁送燕窩席四碗送一[illegible]心二[illegible]）
菜窩燒猪席周觀察子儀騷接處均皆拜
會其人皆極德和廿三日陳親家請飯廿四日本
家請酒廿五日言旋天氣晴和一切皆極順遂予

爲尔夫婦道喜，異日光大吾門第，必我孫佢濟夫婦
也。二月接尔今年所發第一號安信，云欣幸看日南旋
省親之意，本屬人子之至性至情，但官秩是
朝廷所頒，職分是已躬所盡。尔今所任禮部侍郎
並署刑部侍郎，禮部位清貴，刑部事繁重，
君恩厚矣。惟日孜孜盡力供職，以報塞於萬一即是

盡孝之道何必以予夫婦為念而有歸省之舉也
做官者不問官秩之加不加祇問職分之盡不盡庶
庶外可以對吾
君內可以對吾親矣況爾母今冬有進京就養之意
本科鄉試爾弟輩觀光者三人倘有一二得中試
侍母北上予亦可偕行則余日侍予夫婦之前矣

何必追耳赤子在省得閱讀男孫寄你之信言及
王五買魚之事此不明大體之言也書云罪疑惟輕
伊買魚時不知我家失魚則可疑伊買魚時鉅頭等物
人已買去不知魚是從來則可疑伊已自認賠贓即
是深積之道何必更認真也至胖文得天性至厚待
予夫婦至慈兄弟式好有加無已你可放心廿三日 竹亭筆

蕭男知悉二月廿一日予在省為紀澤與賀耦庚季女訂昏事一切體面順遂廿三日已寄信來京諒已收覽廿六日由省歸廿八日赴縣因去年公事辦得妥當結清全局永定章程留住在縣數日初三日接爾二月初十日信備悉一切正月廿四日爾蒙

皇上厚恩兼署吏部左侍郎不勝欣幸

兩朝知遇六部已歷五部

恩既渥矣惟朝乾夕惕以報塞於萬一蓋官秩愈高則職責

愈重念茲在茲恪供厥職庶可以對

君而無愧於為臣矣信言今冬有省親之舉孝孫云中以

事君謂中年時竭力做好官即是以盡孝亦年四十一歲

正是做官之時為

朝廷効力以圖報稱以答

皇恩揚名顯親即不啻日侍吾夫婦之側何必更念南旋殷殷

焉啟省聽述華男孝男葆男三人讀書今年尚覺發憤

懷慕

祖家解澤秋闈揭榜有濬中式甫孝來母時上就慕支

棠弟述爾在京與同寅及下屬和衷諸美三命深益荼

惶小心翼翼終日孜孜即是持盈保泰之道而不失建功
立業之時也父母之心祇許你身體康健可以做將官
則保養身體尤宜為重冢婦有夢熊之喜愈宜自加
保養紀澤讀書當常兩時文字要講究紀澤兄弟姊
妹皆宜細心檢點保養家中眷口京寓事亦不必掛念
予初六日歸家瑣屑事澄男信中詳之

三月初五日

竹亭手書

蕃男知悉今年予手書兩信諒已收覽家中順遂予
精神甚好尒　母康健叔父嬸母福安大小眷口皆清
吉今春南省雨暘時若各處均已蒔插華男娶歐陽
女為妾三月廿日喜期是日大晴由永豐到我家尚早其
女子體好性情和順大小咸宜叔父云至四月初一杜門
不出專理家事令華男与蓀男同隊讀書以圖上進今
年華男意氣亦已平和予亦心喜之前接尒信云冢婦
有夢熊之喜此次定生男子預賀紀澤寄信与予云讀

書有常予閱之甚喜有常二字即作聖之基人品學
術均由此造就紀澤其勉之尔去年信中未言及尔次子
此次家信宜寫明體格若何孫女五人長者宜勤女紅幼
者宜保身體我縣 邑尊石翹先生辦糧餉勦會匪極有
功於蒼生因粵匪未盡勦 下鄉教民團練不擾動民
間一文錢雖頑民亦為之感動由廿三都至我家祇吃一杯
茶急〻要民守望相助耳縣內極為安靜二月看抄報知
粵匪被大軍圍住在永安州不日即勦滅昨聞諸道路

云匪由永安衝出幸向軍門陣堅（此皆傳聞不知的否）不敢粤匪（一月）廿九日抵桂
林攻省城向軍門由荔浦來省一晝夜走三百八十里廿八日
到桂林城（先到半日）內人心始定中堂現在陽朔縣不知京中的音若
何此小醜未靖
聖天子亦必為之深憂也考嘉慶四年川楚苗匪滋擾興兵已
數載矣而不能遽靖
膺皇帝博採羣議好謀而成尔時如梁公國治等各條呈獻策
不久川楚即定

國朝深仁厚(渥)淪於肌膚洽於骨髓羣黎百姓感戴

皇帝恩澤莫不恨匪類之為害欲滅此而朝食也粵西本不(足)慮

惟是老師費財有勞

宸衷為臣者當(有)念此而難安者矣尓忝列卿貳若有管見即

奏呈以備蒭蕘之採或同寮有嘉謀勸之入告

聖君以

皇帝之神武採眾智以成(大)勇匪逆不日盡除矣

三月廿九日竹亭手書

藩男知悉三月廿九日手書信与你終言粵匪一件亦闡該人
言官軍欠利急欲勦滅賊匪而為此妄言耳至今又有十日
不知粵西信息到底若何爾現居吏禮兩部請共你任
而已若果有所見可以備
皇帝芻蕘之採則條呈
奏之必有益於天下蒼生可以勦粵西賊匪以舒
聖天之憂勤則詳細
呈奏妄言撞進則万万不可我縣　邑尊教民團練極為安

靜會匪不敢入境得此君久治真有眾志成城之氣實一
賢之福也去冬本家排山請乎題 乃尊翁之主今三月廿八
日親自來謝官賓一定再乎一兩一趟 小毛冬帽一頂 好靴一雙
炒米二斗 蓮子錢筆等項極為甜面實出乎賢邨也 其館
已換錢完借項矣 尔今年即是銀寄回 叢親六位可但尔
母喜極 就著此帑又多一翻費用 此計要秋後可再為定
計 今年南省雨暘時若 國泰民安耕田鑿井之樂無西
廣不日可除此匪矣 四月初九日 修亭書於白玉堂廊屋

澄男知悉：初十早著劉四回省發安信二件，申刻接爾三月所發之信，內有紀澤寄四叔之信，備悉一切。又接左（季高）在省安信及抄錄廣西撫軍鄒所奏之稿，細讀其稱賊在永安州衝出，並未打仗，追殺賊匪辛苦所敗，竟至桂林省攻城，如此之急，可畏也哉！稿內又言教匪有入湖南之意，要制軍程晴峰先生移近家防堵，深思慮遠，鄒撫軍亦人傑也。但此是三月十五以前之信，至今又將近一月矣，不知音信果何如耶？又言曾移咨與賽中堂數次來信

回音大抵中途阻塞果經隔斷不能通信息則匪勢張大
可知此時中堂不知已入桂林省城否程晴峯先生尚在衡
州防堵鄉之奏稿衡州人多有知之者周雨園係稍稍認真
我縣邑尊認真辦團練鄉間周蔭樵未及辦此刻
亦皆認真練矣予今早晨之信謂亦有旨見可以
奏呈蓋要明見不可輕言今下午得此攻城之信則立
朝大臣皆不得安居徒食其祿而已余信言今年思歸者
切欲九月告假旋里予亦不想不許余歸惟是余居鄉

貳之任當此時事維艱宜為
君上分其憂第一進言可有益於時事
皇上聖明採而用之亦未可知又蘄同寅各抒所見以
呈奏
皇上集羣謀而用裁匪不難除矣弟謂尔之歸不歸視
時勢之可不可在家中亦當實見弟意能加力團練
保全一方亦草野之臣思報
君恩於萬一耳弟之所見如此　初十夜三更時書於白玉堂
字跡草率非精神不足也　繩亭草

藩男知悉廿四日接尔四月初所發之信備悉一切三月卅日又生一女大小極為平安尔已有六千金矣甚善甚善其餘眷口清吉適慰我心陽牧雲已到京邸福星所付回家報即日送去陽家大小平安曾有信寄京都因談事太瑣未便寄來滄溟先生為衡邑募鄉勇不知如何招募又聞廿五日已到家不知的否家中清泰予精神強固尔母康強　叔父嬸母安康四月十八日在羅家歸潢男接回其餘

大小眷口均好潢男宅內皆平安葆男教學相長
每日如常荃男在省讀書數月未歸 今年占羅山
邏大約進境不少我縣自去年以來蒙 邑尊丕
翁先生將會匪辦清此時四境清靜民安帖亦真
正是
聖天子在上儕等雖享太平之福也惟是粵西逆匪
氣益熾四月初攻破廣西興安縣即圍全州十六日午
刻由地道破全州城十八日將城內所有衙署盡行燒

殺齋君城而登舟直下雖黃河河堤廿餘里再黃
沙河與金州之太平鋪河中俱釘有排樁送遞現已將
太平鋪排樁拔起事甚危急人心搖動竟肯費可以
何之構勇子處尤敢名募鄉勇志切同仇一聞永州有警
即命其才能練士帶赴衡州救援而本縣團練委之
本縣繪與曾練士總其辦理並帶精壯赴衡州
又聞鄰邑有土匪委員風滋擾大局以保守近本屬
上策所恃者官民一體有勇知方團練之策眾皆樂

滸五六連綫內皆匯款外匯自能不難殄滅於此爲
一縣之計而通計南省上報
皇恩則以救援衡湘爲財賦策由宋慶直下則保守湘鄂
以款貸款勸滅捐易爲力此種實情不知京都亦
知之否乎此間屬請衡湘署內之信謀不虞速更未可
情者兩賜時策較來便時人心不淳此以見
聖天子勵精圖治誠意極
天恩示列卿貳自君其職歸府之說五六月自有信來此屆
四月廿七日竹亭等

二、家訓

作者：曾驥雲

嘉慶十二年丁卯生—咸豐十年庚申卒
（公元一八〇七—一八六〇）

曾驥雲譜名毓駟，字高軒，行十一。曾文正公叔父。太學生，貤封榮祿大夫，光祿大夫；特旨誥封通奉大夫。配羅氏，無子，撫竹亭公三子傳謙國華為子。

愚叔驥雲字白
滌生賢姪左右昨接弟六号京信知癬
疾全愈合庽清吉不勝欣喜所付回奏
稿再三細閱未免戇直太過幸
聖恩嘉納真有唐虞君臣之風矣嗣後靖共尓
位為國忘家盡忠圖報不必念及家事
家中将下邀里事一了以後再不得輕
舉妄動迩来

老大人
太夫人均身體康強其餘大小平安今年南
省雨水調匀禾苗清秀定必大有年也
澄侯五月初三到家始得詳知其去年
覃恩三次驥雲得
貤封二次何
君恩之大而
姪情之厚也自顧無德享此非分之榮實

感与慚並矣
老太封君希公夫婦神主已於五月廿一日改
題廿二日我家祭祀有客六席廿三夏至
祭今年係丹閣辦事廿四日雲起程来省
自十九年送行後並未至此今因國華
兄弟在院肄業藉得一遊耳天氣炎
熱明日即束裝歸家聊寄數行順問
賢中外近好
咸豐元年六月初五日
弟 長星 頓首

愚叔驥雲恭賀

滌生姪賢中外新禧家中老者康強少者逢
吉百事順遂諸信內言之甚詳不嘖雲
眠食如常毫無善狀可告惟去冬得買
二畝冲山地一契大為得意之事其價亦
廉只去錢十四千四百文此山以高明峯
廉貞作祖龍由大路巷行數里逆轉至
白沙塘冲尾過峽突起星峯成御屏土

背后仰瓦有鬼有樂前成土腹懷金左右環抱有情下首外沙有蠶家冲一層又有車前山一層水口極緊對面三層案山中有一字案最長作正朝以鼇魚填大隴為大明堂逆朝以香花坪州上各處為外明堂昨陳喬林朱堯堦諸人登山細看皆以為可吾家陽宅已添腰裏陰宅亦不可不講此亦為久遠之計

也書不盡言即此順問

令郎

令嫒近好并賀

節喜

咸豐二年新正初十日第一号安信

餘　　　　　　　　慶

愚叔驥雲恭賀

大喜并問

閤寓近好

愚叔驥雲恭賀

滌生姪賢喬梓大喜并問閤屬近好

三月初八三更

愚叔驥雲敬問

滌生姪賢中外近好

三月廿五日

愚叔驥雲恭賀

滌生姪賢中外大喜

六月初九日

愚叔驥雲恭賀

大喜并謝厚贈

十一月十二日信此

三、家訓

作者：歐陽凝祉

曾國藩岳父，生年事蹟待考。

愚岳歐陽凝祉奉書

滌生仁壻大人閣下

仁壻衷至性而發爲正直本學術而抒爲鴻猷有古羔羊素絲

之風唐之房魏宋之韓歐不得專美於前合觀奏疏

上諭慶

朝廷有直言敢諫之臣

聖天子有從諫如流之美其遇合豈易得之當世哉考古大人格君心之

非良由聞望足以弭其邪心言色足以消其逸志積誠感悟非徒

兢兢于臨時諫諍已也

仁壻其庶有合歟　貴邑朱明府才德兼擅文經
尊封翁大人倣助捐錢糧力剔宿弊於賦匪力加勦除洵為美舉道光
十五年前我樂清錢糧都差倒折自十五年後倒折歸里甲而兩邑之
士民彫瘵日甚矣捧讀吳御史奏章無不歡騰鄰屋控告官長
不肯允行　仁壻為　國家興利除弊或另請御史奏或面稟
聖上酌定章程錢糧係都差倒折不歸里甲倒賠
詒煌煌為兩邑群黎造福即為一己子孫種福切祈切祈余老矣精氣頗
健內子服補劑亦安合家大小均安足慰

錦注銓兒博一衿已十餘年至今方食廩餼未克登賢書以副
仁壻期望兆園筆耒生涯鄉城無可就處特命來 京一叙手足姊
妹甥舅十餘年契闊之情一鶚薦剡帳設官家以求安身之計
久稔 京官除俸祿外無他進益
仁壻清操尤別無所獲豈能分升斗之粟波及銓兒惟期代為打幹
館事為幸本年銓無銀錢未可遽出加捐赴北闈試素性慵懶不
好讀書作文与詩總望催督工課稍獲寸進不勝感激之至
仁壻當強仕之年已到二品不數稔即可居相位余亦與有榮施

遙稔
二姑安好甲三外孫聰穎異常字畫俱佳有千里龍文之目次
外孫暨各外孫女均秀傑特出曷勝忻慰臨穎神馳綄希
荃照并候
壁祺　愚岳謹白

辛亥十二月十二書于蓮湖書院左廂

四、家報

作者：曾國潢

清嘉慶二十五年庚辰生—光緒十二年丙戌卒
（公元一八二〇—一八八六）

曾國潢原名國英，譜名傳晉，字澄侯，行四（與從堂兄弟排行），湖南湘鄉縣人，文正公國藩仲弟。咸豐初元，文正在籍治團練，國潢隨往長沙行轅助理訓練士卒，兼治餉糈，旋歸侍父，因麟書病中風侍奉極其盡心，然仍治鄉團，平時敬宗睦族，排難息爭，百餘里內，鄉閭晏然。及父逝世，主持家務，使軍中兄弟無後顧之憂，督課子弟，恪守耕讀家風，賦性篤厚，澹於名利，待人接物，悉以誠和，遠近宗親，莫不稱道焉。

太學生鹽運使銜後選郎中誥，授通議大夫，貤封建威將軍。

子三：紀梁字介石，紀渠字蓋臣，紀湘字耀衡。

七月十八

月十二在四叔弟國濱謹禀

長兄大人侍右。昨在九弟處看着一人回。接 兄五月初十三信。欣悉

接到一切、甚善。

祖父大人病勢、常常如是。雖右手足不能動。而常換衣。常沐身。澡

無不潔淨者。且有

父親叔父率弟伺候。未或少吃虧。庸醫醫說。弟看可以不必。老人家

氣血皆衰了。縱有好藥。或点氣功。也要打頂的好。不受磨。

則是為子孫之正道理。何必徒勞。且去年羅樹二爺曾送二

兩肩膀下左丸藥內。但又点未見有益。想見其不宜要用也說

祖父体甚厚。設或過於補。否知又不為害。

父親体質甚好。一切高興是一樣。惟相裏起來。實不甚易。幸而

日中日旺。稍睡兩次也。家中主僕共二三十人。不敢走一點假。

叔父日內左唇微有毒。每大癒。日裏稍

祖父側及我小孩子等。不是病。則是

叔父如或有一人要出外。則一人獨挺。其中不無艱難處。為子孫應

該如是也。

母親因兩姊丈接來。本月初二去。初十歸。身體如常。近并不服藥。叔母自內又發瘧病。幸不如往年之甚。已經老顏。亦無從治起。王待聘總是不發實。其家將來必敗。弟說頗的確。二姊到底趕不上大姊。內外皆差。如何能興家。三外甥從了葦妹讀得不好不醜的樣子。弟刻雖出門。亦未曾去查功課。每逢葦妹則推託。二弟從有恩於他。十分下不去。不至也。渠所難者家塾學生太多。精神如何能到。大姊有喜。十月當分娩。姪媳婦陸有新子。而分娩必須腊二底。我們正也。甲五兒讀書。甚好未認真

告弟於去臘歸。即與
父親
叔父 商量。擇三月念八。送至廿年妹處去起早。早去晚歸。廿一二
即告知
祖父。先下年瀾已老。在房中。又談及玉顯。弟衣穿伐丈子去。時
祖父已在陵居上生。去寔朋。竟期期一陣。雖雖不明。大半是不肯。
君上之意。爸殷講第二句。趕緊隱地取書回來。到廚房找他。
玉兄已讀之書。此在塾。三字經、千字文、小四書一本半、上下論、
上玉福現讀玉先生之與孫康之樂。紅樓字等是自己讀得

了。舊詩二二首倒本讀現已十八首。七十狂女。一切皆是一樣。
惟上至江北堪在樂歲終身飽。因其質微有趣諸好也。家
中二月之信。兄嫂已接到。聞那會
絲父字得甚多。其意總是要六弟歸。一爲捲和。二恐明秋鄉試
要迴避。昨六弟回信。僅一片紙。總是搖搖擺擺。不見一定。兄嫂
則說六弟打牌。如何不好。旋又說六弟就館。如何用功。如何好
法。昨阮接家書。回信又不說命六弟歸。又不說不命六弟
歸。竟絕不提及。不知曷故。

非父去冬起公房共止用八十餘千和（家中止揹十千）兩有二百千矣
的樣子。曾經吐血一碗。是為此子。此等情節。大年末寫信
來。兩如何起法。得喜之作。聞已詳告。昨信亦未提及半
字。今年頭一封信。即寫之。都如何不題話等語。又
父親為　兄付銀回。不省親疏一樣。　兄又回信與
叔父。曾已付銀錢多歸家。未免有過用矣。
叔父也曾（私）用去年。又雞缸之地。亦現尚未去看。
叔父云前信寫得要再斟酌。再有信來。當應買不買之

諭。兄昨信竟言得如何如何不必歸，如上所要事體

稟父所述者，未免甚懸。要家庭間此等事，最宜小心謹慎。

即以老弟之尊而且見亦生嫌。上學人說不註話，不成局況。

兄身體高宜，隨便下筆，枯燥一番，則家庭者不少。

何云。上學人信來，而全不提及也。以條理細心細心師

明。今加體之說，總易於此等事不明白，總未知四月初歸。

八郁糧餉案 摺底等案

未半月，即則下城住一月餘，家中盡發屢屢輸，身吐已完。便傳完中

天有數神上衆，第之弟不肯。我勞在中和息。自然可

下。莫不感激。弟與師本相見不少。說得親重些。未有大不
合者。渠眼目中並有此一律士。待華人進士。未如此殊重。弟謹
和事。而京有名字到官。渠以介司出身。署此大邑。居然
打頂做官。欲大有作爲的樣子。較前任就優饒強。何可
不言他好。不作成他。所可慮者。邑中擂棍。如彭興池、儲某
于獻九、惠田及王廷佐四人。把持衙門。每官來。必要不
出他範圍。則生痛除。至若邑中人告官之說。兄積想看佛
不俾。即我有屬人妥人。遇於侯痛罵。此言有因 自不敢不中止。家

中丞告。更不必慮及此層也。歐陽家之廿十。昨日已送去。常

渠家送牧兄京信來。若年柔兄借鄉鄰句語此處差且困拜澹文

父親即刻令回去作賀。澹丈處自由府回家。送年者歸。并鄉書一束。

父親今早去晚歸。盛饌以稀。

叔父謂以老親家、萬新親家、自必款待優好。柳姝之待想是令尊。右

他家已起屋過墻乃送。因丹姝云、必要為柳姝做過墻也。挑

山之事。可以不查。大哥昨信云。渠已到省城。為其父指

封典子。且事宜已託師爺在省辦會票付回之銀子來。方寄

與他去。惟款吳兩家之壽屏壽文稿，時取理之甚殷懇

近日付西來則甚好。弟在廣東起程之後。吾鄉陶樂昌（非作即蕭友(?)）

湖南之直章及科家。其去信近二三十封。曾接一叙或下

鎮子一次來時有信謝他。惟為園（書情(?)）所以難筆難表述。待

西年內想可外任也。如是云云

底下列任上細叙。乃鎮弟不當信之。有道理也。弟為某家

了。兄則說交際(?)為弟歸後。來所留人。又執銀票收

到五百。此會經弟手者。算有千八百。下少弍千五百。

將來或亦可追。若不是弟為他弄到。竟得屋借票矣。

從而亂拆是知感激看非無情人也。座下亦要他謝
三百銀。庚子年之借字除一百。實謝之三百兩。退借字是矣。
弟捐作之說。是個門頭。兄可不必究竟。至若想發
財。則是生平願力。目下隨實隱隱安排一點手腳。收
來京猶是碰運命。豈容強討。呼咎諸與要務遺規。中
僅看尚不經風所費辛苦行。故近今在家所以者頗頑
學兩書。若是看書。則等無服功。弟在當可敵三屆工。如今
一不言煩。二不論乾淨。還是過要是

堂上事。動手做去就是。雖是早起總要屆得及起來。一起則要夜得及歇氣。家中事亦不善者。惟是後輩婦人。第一太不努力。第二太眷睡。第三則侍太弱。第四則事亦太要知。雖夜夜發氣。亦不經用。無可如何矣。家中明早嘗新。十四起閙音戲。月半做道場(大半是二十二散)。九月祖母除祥(擬十八日散)。十月初二季亦完畢。不發靈不費力。馬家屋墳基樟樹塋告由背腳。亦由奧傳。亦尚未去看。添樟坪曾經買西沖垇上之田。已買之後。為加手、錢手出神去

年買橋當頭。已破宅契。又被王道之爭買去一所。今買下
臘裏之田。汪叔已將五六千。現今雖交便將來。而
狂甚。推腰其牌等事。料應不是腳色也。其餘均待
後叙。統求
心照。即問
長兄大人嫂夫人近安
溫甫老弟清吉
姪女兒均好

七月廿二夜弟國潢敬啓

長兄大人侍右　兄六月十七之信，於十八夜即接到，而是時九弟等考試之信，明知已發，而未收到，當下故未作函寄來。今日午正，接九弟等府試發二場案後一函，又接[illegible]堂妹信。知季弟已前列第八，科院試准月內可畢。祖父聞季弟前列，病又減，得其分，想見　兄平常喜信固。舉家歡樂景象何如也。科名雖亦外物，而堂上之歡，再無有出乎其右者。

祖父自六月初四起，六日內，約服遼參八錢，厥後或服歸參，或用致
堂所薦，和以建元，稍下白糖，總是燉熱心吃。此日不吃參，與致堂
則疊用建元十餘粒，去皮去核，泡下白糖泡泡，燉熱心，上半日一次，
下半日一次，兩月餘未嘗間斷。右手足自六月食遼參後即
不腫脹，現今氣色甚好，說話似乎濁，見仍白，江岷兄所辦全
付膏藥，已交九弟手，將來食完，必是大效，肯子矣。孫　又不
愧也。
父母親身體康健，治內治外，總是查夜無天光。

叔父近日重修老屋，據謂欠錢，則我一家用與致勤勤，然所以家重修者，去冬大半雨水太多，樓梘以上之壓頭費與由園之鼻子一般，必須整理。

叔母因二姊堅持，以前十一日去。屋七日請大姊家，尚須數日乃歸。前大熱時，不上生熱毒。近亦全好。且在人家一不多笑，一不多言，自從沒其癰痛，應不至十分發也。合家眷口俱清吉。果兒讀書，旬日聰明稍開。每日著認真教，默書與詩及四書，約二百字，并且甚熟。今做佛事，為他護持三日，幸不討擾。一切形狀相貌絕似之

媛雅說話滿是小巧耳。三姊婦產也算能話。而能稍識大體講門面看舊氏也。喂
祖父々飯與慈心。去得意。自伯々謂老人所得嘆吩咐者。未嘗違令。每是如己。龜太起敬起畏。老季漫無道理。混扯他哥六弟俾。何其不善愛罵也。如雖來見季寫與溫々儒。而其共氣々度々。大概如此。如揣季々本意。因向來溫貴錢他。年來無人肯讀文。戲想溫俾。則是也。大姊家人仍好。待聘因如不肯他家去。又不去理他。頗知以愧悔。自從佛去起。極力幫辦。直間一二日。即來一次。接與弟打算經

兒弟擬薦他到郑市學生意。或當舖。或雜貨。能寫能算。有何
不可。但覓師之事。兩年來總不嚴實。學生意不過前年。如今兩年
兩陽不停。年十五六年。不去也去。又有子個。弟謂便若之至。且無人由
徒弟而先生。由先生而伙股。由伙股而獨開門。漸漸興家置業者。不
知凡幾。豈聘而獨不聘乎。茲聘之去否。弟當當斟斟酌酌。為他十分未
敢則新壹胆。打算等人。弟乃為之行了。讓兄學婦產史穩婆
着急。如何往用。未為肝不得弟開口。程兄禮之。請嘆山與滙
來謝。送來弍百十元。禮物為二千零退

父親戊子年五十自敘銘之借約。其人可謂極近之情、能知輕重者。所以請笑山者來。悉謂去年口號為美得意。請笑作從容手竊其本意。明年二月一票。若能收到。則以此信字作謝敬。即算一絲毫不能收到。此信字亦即滿其敬之謂也。弟尚何言哉。兄六月十七之信。之教弟不貪財。不失信。不自是。九字叩頭拜教。特弟本性最蠢。不失信、不自是、二者。老兄或可稍不掛念。惟不貪財一語。有一點能不佳。然亦必有財字無貪字。如私八都之事。自己侯以下無不拜別其人。共謝了七十千。在埔走路者。亦分潤之。闔縣來請是託五舅。五舅得知。於其小舅者也。自十七年起。所有攬原。皆由到手。

外祖嘉慶年間。尚有銀原。那經為之查來。即云道扣算弃。一概也

須其聚十千。至那年則以四千了事。又為之將新銅定清聽之

便宜之中文便宜七十千。外除此後對面外閣外那寶得幾十年。

那年所得之利。並無一文未入

祖父之房者。續私為奴家之原。那看得逢徽之至。且常之与

母親說。某之不由提及某物是謝四牙子的。某物係四牙子買的。某

項係四牙子得來的。所以年來稍之為身以一五之人所賞。才以

大人所教甚為一是。惟兒之慈大多素遠矣。重慶元屋。其不足
用三十餘千。工廠亦請（一為其溫暑、一為稍差、已具報）
父親和散兩件亦堅多。他亦謝了十六年。
父親不要。為他損到上。家才深用。多人亦不足如是敢自。兒與郭
家信媽。
望上法遊觀喜。亦已有信寄來。此定到打算而也。兒所許買
親看戲。三日用卒佛會。法已甚甚弱弱、倖倖而而酬完也。有亦好
做了。兒先不必掛心也。

禮父自今月初二起，不吃煙後，即坐轎到石牌桂屋裏乘涼。有架子床，用大椅伴床坐，日旰出階基上。煙後進房吃點心，即浴身安睡。每一日內，多則睡六次，少亦五次。上下須要抱擡。是老四經手。間有事不遂其意者，則呼罵一不甚合式也。

父親致話六弟，立志如此須堅，將來必得科第。（縣大牌趕來不將的話非假詞也）庚戌年當花衣陣年上書也。恭喜恭喜。初在京或讀或教，著不與利錢等業。家中一切放心，又放心。季弟喜多，以泥房做房，以左頭大燒做泥房，伴橫屋下，窗戶與門須要堵塞其煙，出其倉，止用

竹壁間曲尺形。舊熊娣婦。便移進屋就是 老弟不知以
爲可否。心中常常掛。瞬息難寧。詳細後續呈。即問
長兄大人升安
長嫂夫人閫安 伏望
六弟發憤學業。孫養體德睿聰。平心業。國漢切禱。
又看墓石之地、弟亦常來去看過、 叔父去、竟佈置當下即
不靈至葬、散一昧又來十分從好 故父已三去看、總不想買、
已與弟商量候什不買、竟佈今日有信來中至重上西需、
可謂大可健、足告知心、行秋間來家、久住等天時地步斟
酌、然後有信來京、我以我意即有一定主意也、

張注天府書岳陽樓記
總之思之不忘

弟國漢謹呈

六月初十府樓家信止此

廿三早又雙

兄本月廿四由任君處所寄之一信頃今收到係九弟等

本月十四在省寄之回看敬電處單一紙不日即

當付去而

兄所寄之各件信待九弟等帶回

父親云途多太貴以後不必買並雜於轉錢也

長兄大人賜覽

國賓叩上

八月初七夜弟國潢敬稟

長兄大人侍右，今日接季沅弟初四夜信，時方叢新生案，我家僅兩人考，老生則一等弟五，今冬於可望補，新生則府試前列，可謂玉葉玉樹，季弟今年暫屈，全家之人毫無一介懷者，兄前信云不可以太盛，家中亦皆曉得此道理，

祖父身體安好，右手足自後未腫，氣色愈加紅而潤，潤而嫩，惟夜間小便較多（甚至有八次者），但極安神，直半月不要搬被

嵩背腫、近日建元做熱心、未下白糖、下蒸糕之蜜糖
父母親康健如常、
叔父母皆強健、有弟在家、
叔父專心辦各屋、現已告竣、得意之至、而其用心之周
密、亦實可佩服、可欽仰、兩姊丈家人皆好、地境
惟蕭丕九今年去世、彭慶三爺昨夜得喜信、
今早即親携洗弟信來、叩頭禀告
祖父、云其二子幸得入学、可致亦可憐、他將來不做

酒家中貿難與穩送去鄉間踏雨已半月今日
乃晴收穫正忙迫今年出谷者多、而喜至家
中進請一女工、出自我意因有兩情喜者得來有
一旬廚中之件、全屬六婦媳一人管理、雖她能々
喜而安分被去而我心甚不如此退原、底算更加
雍睦且內外好字已久痛而難多、
母親早有意來要作伴、有女工、
母親在間更多便也、梁兄現讀至出孫丑章句下、也

十讀至萬面之所不為也、每日兩个填紅殊字奏郊之長進、老爺之心有樂趣、日內梁也次女娃佰風、再年
皇上、又要打探也女、如芳神、丹閣故近來全不諱異、
竟大大的慶、今年本歲雲府試時即散學、一切館中所用器物、儘賣了、止將那要有的郭子、即去探、前鄉內有賀姓者、向其族人打油火、以擠其為名目、請他去和、對家理直氣壯、不去理會、他即情恨、幫賀姓具控、陰用

父親名作附稟頭名、家中不惟不知某具控、并不知
世上有此事、弟友周姓係主詞訟、受見其稟、不解
如此小子而又無理、如何是此頭名、通信告知弟、（時具控已月餘）
弟即着人往勸七叔、要查、并送錢請他歸還盜
名稟帖、乃回信來、竟是他探、他往不肯用
父親名、賀姓執丹株信看、一切是丹株作主、所開
副稟、交、係丹株親筆而能認者、并云已與
賀姓在我家說清、其甚荒唐、竟至如此、

父親學〻來、自知慚愧、惟恐錯、名義中人而不做名義中事、無可如何矣。況弟近日寫家信惦〻的云、醞似 老兄、考試立所佳佳利、明年洪〻而 溫弟聯芳、 老兄〻幫手、將來竟多矣、賀〻必中第緒、夜深難詳、餘後續呈、即請

兄大嫂夫人近安　姪女兒均吉

溫弟保身如玉、奮筆業、精益求精、不勝翹企

弟國演謹呈

又者滄溟姻丈前初二日已晤一會

荊七〻信於賞支

八月初十夜方正兄國漢敬白

沅浦 季洪 兩位老弟侍者。頃送

祖父安膳。即飛速對门一走。華妹適到家。備述一切。

老沅科試院在布〻列。機會可謂極大。選進士已

得十〻九。沅後來築場。以 沅弟〻精楷星〻閃者

多得不首肯必肯。伏望 沅弟凡進場一切。武考武

引見。此等考試人物才子也是最緊。務必到官家

〻相契者。借極講究的袍褂。襯衣。京式緯帽。京靴。

好扣帶。天晴落雨的衣服。皆可借來。參進場之先日。望　老季約陳姓兄同送考。多一人則更斟酌也。

浣弟膽量素大。或借一時辰表佩到身上。亦可。凡進場。臨到學院門口。總要到轎子內。莫出來。一則可以靜養片時。一則鋒芒不使先露。免旁人生忌心。送考者。打探點名。呼之即上往。最為要。當不請轎子。

浣弟前信早已言及。兄志放心。須開朱四送担來添福壹腳。辰即命他肩錢壹拾弍千解来。兩弟目前使用。如尚須人。

即留朱四可也。

堂上五位老人。皆是極好。其餘一切事件。初七在之信

已詳。朱岱軒廣東之人已備。四月五百。又如數收

到。餘俟續寄。兄澂手草

又短煙袋、火鐮、火紙、火石、鋁子煙、一套綢衣靴補子内者、可以借出、場中最便益

搜檢若甚嚴則不必佩時辰表。朱四借用十二千、外出盤纏費足敷，尚須三

寸壹信者[illegible]紬

此四弟寄与九弟看九弟

附寄来看此信十五了在九捎到

沅弟之信已詳讀，所以兩次各一字來者，因八月廿二有假裝
一段情節，又家中多件太緊，此次遲業必須羅穿
雖為寂寄者主意，一貴孫主擢儀，貴孫大屋靠窩
為賊共三四人，若不向其大坪地方馬下為操坪
矣耽
兄聞之當上大孩、為椅孩，今年如兄叩頭
伯母賜衣，梁兄讀書依舊功課，雜零星字眼略缺
託舒承　心照
懷弟廣謹呈
十月廿九晚

十月初一夜弟國潢敬稟
長兄大人侍右、弟以前月念一由家解賊來城、廿三晚至
賊皆至、次日呈縣、惟首犯廿六乃獲、廿七又稟縣師令
治盜頗稱嚴究、通共六賊均刑責三千、一齊收押、內
有三名罪稍輕者、今日與弟商議、業經開放、餘三人
其惡莫大、斷不能留一線之恩、蓋我家僅失一牛、
以道理言之、本不宜如此究辦、然為大坪地方風俗
之壞至矣盡矣、若不趁此整頓、將來不可名言、

所以
堂上老人、名弟難理、而弟〻難了、蓋於居民者多、何以息
〻〻每獲一賊、即命其親〻房賠備費、賊同解至縣呈繳一
切、全不與親房相干、賊在堂上有牽連者、不准展下
鄉〻〻間居民、豈不佩服稱〻讚〻、高枕無憂也哉、而弟自
家所花〻費、亦甚無算、緣師令每於弟家格外加意故
張約山學名梓所主內有雙桂樹
也、渠前在堂係二友堂、有雙桂重開詩、弟今早送詩和
不去評
〻〻無謝〻〻、渠寒心苦弟子皆瘥、同弟往各廳偏遊、東齋

郭秋湖青師近丁內艱，弟送奠金四千，亦有送挽詩，兩詩寫作俱佳，兄儘可放心。所以往者，堯師以廿三元（六舅經理蘆坊子）城與弟同房總坊地（亦同），堯師所看承口之地，弟與福巷為（妹）未往看而操。

叔父口氣似乎又不屬意堯師，若有鄰附近京，弟之等見，止要為地平安，買得無事，又不多花錢者（俗云好地不受價），則買之，非此籤之不行矣。羅芸皋明年有坐東皋之說，而尚未能十分篤定，無內弟求　兄援引，不知可否，趁先十元，為目

十一至我家，看宅，女史說念：已定明正訂婚，特是十大所

承壽屏、總查今奉付個方望，昨在接大哥信

祖父大人身体如常，

雙親強健，

叔父母亦均平安，其餘眷口俱好，今年是年甚鬆

活，漸有錢剩，大丰承受搞家屋場當業，所以窮

不至於刻薄，

父親前日右脚腿膝子上，漸有痛處，取白即愈，弟明

日趁歸、便道帀仁忠九舅爺喪、想趕初三日到家

也。家中了件甚煩、今冬畢各事、不得再出山矣。

溫弟其已起程言歸乎、柳狂慮棧夫安、常來心

養性、操習筆業乎、不勝切望、即問

長兄大人
姊夫大人均安　姪英兒均吉

湘鄉學署達坊公局內蛋呈

十月初十弟國潢敬稟

長兄大人侍右：昔初旬在縣寄信一函，想可達覽。弟因事件纏，初三日為田中沙市江東海九舅之喪，轉[?]累[?]頭邑[?]易起士（熊程垣內弟）進學之喜，初七到家。

堂上兩位老人對平安，如常。合家清吉。大姊自生子後，內外俱好。秀妹子領　貴花棵[?]，將孳[?]生孳[?]世，猶擘[?]懷大舅父母矣。弟于五呼[?]譜，考[?]未告竣，不知到底如何辦法。人生百病可醫，惟不孝實真使提攜者思恃[?]難

前年、柳妹於十二起佛會、八千之數、早已送去、法八妹祖於、
廿二日完娶、鍾氏之外、推照他家樣送不及千、兄所付二千作
賀生者、亦於此次送、季弟婦 作廚房事甚能、
堂上諸親喜、實因妹叔季甚細心、亦不去說搁、梁先已讀程
安八叢、所叔季星、將不忘祀、諸外甥叢如此叔去將來
亦有感、鄉向今年冬天亦暖、不下雨、將五月矣、家中
豬樓改在牛欄間理坪內、舊豬樓地基、則已起改屋之
間、將來開倉、張大夫亮寫信寄

父親、殊屬可恥、若特將原信付來、

父親云、若輩小人不必與他爭真理　兄呼張與荊也

當面說清、既自賣不等十千以了事、亦雅是大人雅

度、錢財細故、無關緊要、十月十四郵報來接

上諭、九月十九着兄補授稽察中書科事務、錢來稽察信、

又來得省城諸朋友信、撫明白着趕回、附報人去省城

倘先到院、止遞補報、著查清自明、請他代紀為關賬（兄所寄鈔報看印仍他）

報人等一無法子、亦請將報人隨便作厚受也、湘

佛爺々寫四大家、神通亦順不細、一到家中、則臨諸摹已
趕、竟佛每來、常呼爲老長工、所幸總無太子字習氣、
如有餘賤、借一字帖是
父親銜兒暑中重懶思蠢、切望即日無事順與一查爲
禱、書不詳盡、諸惟 心照、即問
長兄大嫂夫人福安、并問
溫甫老弟清吉
姪女兒均好

十月廿夜弟濟敬啟

老兄大人侍右：昨夜接 兄十月十七所發弟十六號信，知 兄先日上午接沅洪假信，弟等做出不倫不當之事，勞我 兄於外交半日憂慮，弟之罪之。晚間黃懋翁交出弟之函信， 兄始放心。弟慚悚萬分，實實荒唐，叩求 宥恕。然而沅洪當日堅不肯去，及執弟之草稿有憑，始敢造而行之。此乃是弟一人獨任， 兄即責弟粗直，亦甘心受之。況弟粗直，稟性如此，非故欲如是，究竟弟當設謀之際，即已立定主意，俟溫弟到家後，私叩首

於其前，以自許他，我他莫學壞，前面已行過了，除兄弟外，

雖不交人，然總以滋養他，不必去是鐵石心腸，不猶猶飛現今

一切萬，兄至見，且昨夜信來，

叔父皆已目見，當下弟輩三人之指，共搜靈屋地下三十孔，時

母親亦在側聽讀信，如今得弟壞了，世有

雙親曉得，皆甚歡喜，弟之病，舊婦聞其夫歸，亦喜，

姊丈

姊丈可囑他去溫述年做工夫，不要著實，可砍讀等設以主意為

地田、施工之後，年必讀實讀，伯病是去的，亦已落應，撥大二姊

受、均是如來之手印，如是了了而已、

祖父又有兩日來大便大半天晴太久、天氣乾燥皆是也、別無他慮、

雙親
妹父母均康健、合宅清吉、兩婦家平安、柳妹夫婦吾佛念已完、矣

還算健旺、且八祖母婚、今日已八十餘矣、已嫁裝一概全來、六廿二

有二百金嫁妝、不知的否達、日請何時、兩層賓在遣送、我家無

一女、層去一切費用不能抽身、二則深為他人慮來也、徽、花花家田

完、媒首十九日百寶妹陶世生活七層、佳妹只看地、二人均說是好

後、非正祥也、其正然落腳、雖殺翠頭嘴、是粗而亦是不可多得

者、但明明由左邊下、出个字過峽、係對旗圍維顧祖祖穴、名老龍

潭、業經發達、堯師說是由右滾下、係他所點點穴上倒掌腳、

下則騎頸、鄧不可用、尚有我堯師另覓方可、某岽拜、想死了

黄四苞節、係死了黄四苞節、前四月李他家吃酒、邱阿毛嘆山

（因在粵年年陈延贵仅用他銀廿餘兩、又有田租米山首五六十千、世上此等人何可多求）

唯齋、我那合伙開當舖、七月、兩人送謝禮來、又竭力將此說了、我

月那上永買雜貨、其共同開那利達、相提亂與毆我爲某我

那合伙、昨在又遣甚脈娌增對四某送信藏七个、歸了四支、

（去年在廣东办）

猪肘羊肘、鹹魚、各十餘斤、猪十斤、雞一隻、總是我那合伙、其

合伙也、不要弟出一文本貲、弟一要贖、不干弟事、打合同、仍任廿四年起、因是廿四年開張、所領之錢、合字又是蔭華、當日開張、共入本貲廿四千、作十二股、約每股兩千串、入本者週年收一分息、所餘則照股分、如今此要弟肯去、我在其中占壹股、我另增壹股、總之不要弟添本貲、此舍餘息、又共內買賣之事、弟意不理會、每飭正請官与紳務任、則須弟到、我有經衙門之事、須弟去、餘則全不管理、現今此

父親与弟未允、明早則去、再作定奪也、　兄眼花、四信未寫出

轉稽查中央科、想是房年忌現、伯兄信云已現 明儀、但此
是寄進北外陸也、邯鄲人已費一千元矣、何至有西兩〻
給、現今邯鄲人於昨下午又〻齊赴四象家、將來攤派七八千
不可、溫弟陸續去歸、途費及用、所花不少、并須與〻說、今年
半又子壽、弟〻望眼、何時已平、韞家書房、溫弟常回否、
已後勞神〻矣、鄧石敦閣〻於 兄、与甚後來失信、不省當
面告辭〻為好也、溫弟偏後、自有調停、儘可放心、即請
兄大人
嫂夫人 近安　姪兒女均安
國潢謹上

十二月初九夜胞弟國漢謹稟

長兄大人侍右：前月十六發信一函，由陳留兄霽青來，勝已接 兄十月十七日

信，知弟東渚師里，今冬又是晴多，南風阻滯，或待新正八日乃到

家，亦未可知，而院師之後，明年即可把院務從子家塾，與福蕃

表妹一隊，應可相安無事，福蕃妹近又添文定子，文英亦子，其長者

于五年，經手已完，業經滿篇，大可半就，又安石一子，又法八妹祖六堂

嫂來，明年備室約可四十千，且此石學生，陸臺不飢來者，稀

小學生亦志有慶，福蕃妹近行有伴芳草，與濮侯院樓事滿（浦）

唱者和者、將千首、七律居多、與名友者亦十餘首、重弟趣此學詩、亦甚好、

祖父身體如常、每日兩次桂元蓮心無間、三餐飯菜、亦無不斟酌者、

父親雖在外日多、然傍晚即回、近來六房及兩房一切不和之事、均係

父大人清理、古老人以親九族不是道也、房內無不和睦者、

母親無早無夜、經理內政、操手已三年、贊許滿人口、身體甚健、

妹父經營清明公、可謂公私兩利、前月廿七日在于兩節、共千餘席、極

其齊整、房眾無不稱道者、禮亦乃得大可觀、

姊母近日腳瀰痛、雖仍、而今亦好、口不多人云將兩月矣、其餘眷

口俱平安、弟昨於十日寅時二刻、得生一子、甚粗大、大小平安、派名

紀渠、擬作兩三、請告知

長媳說四妹的三弟子已生、止見七弟子了、昨買竹山灣當業、國（東陽 董吉 丹閣 一正二四六作牛）

祖父不肯多加錢、正契須五百零千、外領四十千、格外有六千的領字不與

祖父知者、兄說若寫信、不必提及、家中除找田價、清年子尚可剩錢

弍百千、現廟壽上（樟樹堂出口 飞毛屋）田廿畝、亦係僧人出筆、不足四百餘

千錢、請人來說已於十次、正辦外弍百千、佃戶係錢記兄弟、已進二百餘

千、大約十五六畝契田上下的、亦甚易之、鄉間今冬谷極貴、現糶已千五百、我家所出
發糶、外人不糶者多、明年貧民又是吃穀法、八拜祖新歸去好
叔父
將起服、蓄著鬍罷、下城託人辦文書、便晉省城、六弟或到下月或到、
可以接回、五舅前月去省一次、昨又去省、皆是為人請他求弟下山者、據云不
甚應是不了怪、今日和家田表嫂辦親後回、白鎌是表向姊妹方畜錢班序
弟兄先後接大姊十月生子、兄二月生子、計家前年滿歸寄元方舍下來接春、
理說年皆有詩賀和、家姊前書有詩與弟、中云弟侍寫近多朋友、聊識甄陶
有矣先、和共家姊唱答、將十餘章、毫無錯句、可見讀書是聰明人的事、
謂說弟也、季弟前有詩與家姊者、中云學問文章真堪貴、周旋世故
總算應頗有可進之處、餘語不詳及、即賀
兄大人
嫂夫人 年禧
姪 姚先均 上

二月初四弟國濱致稻

三月十八到

上雁秋二哥　長兄大人侍者、正月十六日發家信番劉一送至省城者共二封、因歐陽家郵是

陛及至廚上与李姓等各有信作一封、則太厚也、兄去月初十之信業已

接到、得知合房清吉、叔展之說將來始可照圖整修、惟從前之私屋側

母親不肯打甚撤、則進就算去年所改者而已、李筆鋒竟可代館、弟等

意想所不到、乾未之鬻文肆、兄信言上年年與付四、早知如此、兄

弟正月之信、逞悉　孝先、然無大人慶堂、想盡格外寬恕也、況弟正

（身生甚之深、甚子乃又之腳霸子）

月二十日辰初五刻生一子、祖大人以惟孰不甚喜也、大小平安、弟廿

一日去永市、因朱堯軒約合伙開當舖子、廿六往六天、竟師在家、局

面不合未成、此乃印周旋朱与蘭山舅等人也、廿八歸到家、

祖父即有傷風、後日見加甚、服到三帖去年傷風單方帖、略愈、福卷

易服附塊等藥一帖、又略加、則遂附塊、今日乃吃到一茶碗飯、周十

一爺在華田書來、便請聞芳、藥云脈甚好、止有心脈之精神、

其單与福卷大同小異、

祖父日內總是多睡、鼻子不靈、自身息極粗、小便間有熱不能往、

每日洗下身、換小衣、子孫服事、不敢苟且、老況以下　季蘭尚望　臘月五日

勞神太過，兩目傍風未起來，第旬內須另辦了。

叔父明鑒：去々玉，兄弟明感激々々玉，以從前最嫩，理會々了，最乃夙興夜寐，甚至一夜全未寐，又不辭勞，又耐得煩，天分高的人，到底與人不同，喜也何如。季弟自十七入家塾，發憤用功，不輕易歸家，小楷有長進，七律有長進，梁史讀畢，擬是循序用功。

母親身體康健，前有一日精神稍倦，服藥二帖即好。

叔母身上手上之毒全好，足亦可以，惟下亮尚累腫而不礙了，如此大々病々後，體亦未十分退，初前上冰雪時，

父親云堯階所看水口之地、尔兄生平惟他是信、尔等如何推有分
見、尔此信上云、要他寫一確實之信、一定要買、就窮
父親之意、似乎得有去墳、昨堯師信已來、大半下半年要買成、
其地是他服侍的、他亦精地理、深耀斟飲將四十年、又与福蓁旧交
福蓁通消息、与我思安、樑不日上五十千、堯師寄
叔父之信、亦云等存買成已後、為見不假、賞則賠其價、受其地、亦款此字
閱家、千變萬辭、如此信實、想無疑貳矣、弟等日內不敢空不費
力、叔信內之字、則如此偉麗、而則如此秀氣、兄當大發一笑、卿間左僕
現在難一手九上方更貴、家民婦之何、查從百一、伍求 心遲即問
嫂夫人安福 姪姑均好 四弟謹呈

四月十五日 肥直第三號 弟國潢謹啓賀

長兄大人、

嫂夫人大喜。前十八日酉正，郴鄉報到，知

兄於正月廿二日補

奉部右侍郎，闔家爲之狂喜。蓋國朝二百年來，我之縣所

僅有者也。時

祖父大人正當重病，得此喜信，逾一二日即全愈。從前家中之人

千方百計，請醫下藥，打點伺候，皆徒勞矣。有子賢如我

兄，尚何愧哉。先是服彭福蓀先生方，屢十一節之方，皆無驗。

至初七日，換蕭擇六爺，開羌桿、陳蘇葉、厚朴三味，止服

一帖即換單。與前所云方亦止大同小異。服至十一帖。大便亦在月
工。昏然不自知。即止之未服。十三日。譚（正添冬青子一味）庸方八兄（太學生）送來關東鹿
茸四分。止分匠切片打成末者。止常用滾水泡服。是時
祖父之病。適無好術可治。到手即服。二三日亦見有效。端節
聯得喜信來。即大好。今日仍是坐轎至階簷上兩次。雖
天晴日暖。而亦不能十分久坐。又要進房睡。體則大瘦。兩
神氣尚好。一喜歷三哭。可無慮也。譚子為人向來敬重
父親。近又與兩極善。去冬在城三次並邀及許來送茸。云孝敬

老祖太爺命內未見過此物。亦隨便賦之而已。今竟送來。殊為可感。渠
家頗富。人最強。交遊又廣。今渠於我家者前年孫兒
宦處白義對聯四付。有一付是送渠的。渠亦於時甚喜其人。又因
其卷渠送賀儀最爽快。不知渠實因對聯之感而送此否。孫兒曾在
別處查他此等去銀一百卅兩。但銀是八折。實去百零四兩廿六
錢。得三兩乃不今所送雖止四兩不餘而算銀亦十餘兩。
祖父若由此憾之好。去復去冬原樣。孫兒將來亦必辦三四千禮物。
稍為酬謝。其禮固重。其情更可愛。然而孫實知渠之

不望報也。

父親於廿日偶感起。服藥三帖。昨下午即全愈。

母親康健如常。理內政更加精神。一日如打鐵一般。而不稍告勞。

叔父身体亦好。孝道可稱。難兄難弟。

嬸母下壳之腫。近現出兩迹。是兩毒。左邊已穿。右迹若穿已。則全好矣。其餘眷口皆好。家中元夕後發一信。共兩封。二月初五本便急寄一封。未知均到否。兄四月初十之信。二月十三日收到。合府平安。不勝大喜。承懇念愚弟。工事等即付與回。叩頭向北幽

以謝。希六處、已用

父親為送信去。宮澤甚圓滑。蓋云、本月底來家中。渠近日生意極費財。其妾生二女、接一子已娶媳。云京都有信道及此事。錢欲無產。看大勢、銀印第一不全交。亦會有个八分。蓋渠錢本已收也。將來執此圓時、弟費与他自當斟酌。讀三妹四言詩半是因古詩句讀之功、而一半實是天籟在。先見得尚不算十分聰明。而弟尚日在文吉處時、若學得如此、其得意又當何如也。三妹對親親說。前云李家。繼又云常家。據無的實信。

父親訓誨甚嚴，而弟以畢言及家務，但言常則上其手，言事則下其手。

兄接到此信，即望詳細寄回。兄正月三信中云季弟詩文難

長進，發奮習字讀書如此

叔父一般，亦有功於家庭等語，下所親見季弟上明輕看上人。

叔父卻全無芥蒂，季弟則頗不以為然，並有量謀題目其文僻

甚好。須要他封信中寄回。決然不肯，然而到底等……狂輕則如

是。兄以後寫信竟不好多說也。二月初五之信，若接到則曉得

況弟覺長長了。尚何如欽欣。六弟婦已有喜語，第一是老四深

々知喜々々欲躍々常々在戶部衙門探消息。近數日得此喜音矣。

兄正月信函。

父親一人痛在屁屋擾到（人心已誠險涉狠），技看時尚清早。閱身有些倦老私技

々信。誤以爲四弟私技。即喊開弟々達房門（未免過慮）。塞交弟手，後止弟与

溫私看。并沉季而皆隱々也。兄所選料者。未料到一點。蓋駐

信未回時。曾密道家常。溫云、若於四兄毫有怪意。則指天、

誓。日。況弟多屬指示。於言語以爲間。即可見十五九矣。自存

月初六以後。總是功与溫在

祖父房中睡。或兩人同睡。或隨便一人帶到一睡。而溫較弟猶覺津

津有味。蓋溫更易得醒來也。甚至通夜全不能安心睡。

次日上晨安起。毫不提及。而

叔父

應於卯正即（數年如此）來摟手伺候穿衣洗面、吸煙換小衣等事。

每一言及。輒云某某在間吃了藥酒好而且多多飲食勸之。

倘四六子同睡。則家庭之細以及天地民物之大無不談論

不食溫於弟可想而得之矣。而溫於兄雖無怨語。卻應

不見得佩服。以後寫作切不必再得溫得之事提及正讀

困次并使溫亦俯伏在地則一家第全矣近來伺候
祖父。無法不想。無計不生。困難扶起小便。將單夾綿小衣皆於
當中剪開。止兩邊頭上各留一寸不剪。每夜一換。每早一換。每
晚睡。褥子中間置一緊簞。夜間必要扶起坐幾回。坐則又換
一緊簞。恐有小便未接到者。其接小便也。用一竹筒。如牛藥筒
一般。釘扶手。如油匠過壺一般。將被下半折開。以手執其物置於
過壺中。則一點不漏。時時去接。扌摟要幸遇幾處次死而
祖父近日最倦於報信。接不到者尚多。亦無如之何矣。止求保得

常常如是清苦，總不令老人多知，寧濕服也。我兄其放心心也。今日在白泥釣為賊案，是芳頭沖朱仲七捉賊，明日又要去落腳。此賊大半在鄉，要開樣，因止十二六案。聲音是衡陽人泳慣賊，又是白日打鎖進屋來，所搶什物亦甚少，出即捉到，而地方招墨墨，人家我稍出項入，正則了了矣。去冬我家為頭指不四千挂，與安良會通都收不若十五會落，只有三百千。自後都內有捉賊者，是賊真盜確，係信會上用不離，衷全不累失主。我家所稱之賊，都人咸服。兄不必掛念。今在輪弟處退慈信雖長而了草，只極似不足以呈侍郎看也。咲咲。外趙福蕃先生一信附呈。語不詳盡，統求

心鑒。溫沅在

祖父前伺候。若太夜深，則此役不能寫信也。

弟滿叩呈

長兄大人侍右二月廿三發第三號家信。不知收到否。

祖父自後日見日好。而欲復去年之元氣不能也。邇來飯食較減。每頓多亦不過一湯茶碗。晚得大家哉緩。即吃完茶吃蓮元水。亦須多久。飯更可知。除左手持煙袋外。餘毫不能動。又難久坐。又難久睡。夜間雖僱到一個僕。而要接小便。要換簞子。要扶起來坐幾次。亦頗不免辛苦。溫沅雖夠招夯月廿五入館。而夜間差多。總是弟四人輪流當之。

弟國淦敬叩

父親從前傷風不舒日即全愈。
母親亦健。日間睡着亦聲希。
外父丁體如常。老力理子亦如常。
外母下亮亮毒。兩邊生穿并流水。而腫總不退。亮止了
從容調治。廿六日楻塘柏到。是日在細毛蟲住屋山內殺榮廿餘人。
彭壽七齋本苞喜。王荊四三來爲次兒做媒。亨四三孫女決不対
家中真是三个火把擡起打。又蔣祝四藩號容海其父廉生名樹
亦是日來。送大錢弍拾伍千。并信一封。云其兄祝三在京。光

景極苦。要託我家將錢與伊付來。此錢家中曾有愧々定而
兄接到此信。務必即覓京鈔五十串。并薄信叢交祝三手
為理。希六弟速來家。大年難就錢項乃來也。細毛生強
佔蔣家屋場山地。已四年。經官告狀叢差。搬得極苦。豈
閣埒祖兄弟々家務。即以買他父子此田鋪磨路費。去冬
家中買此田。主顧賠中人請理。不屑與之計較。係他罷兄弟上
首。其々三家請錢八千。比即寫上首領字。猶他未清楚。又年
々後。中人所吃酒飯。也不知若干。後正二伯。到打米裏行

言。他開口要錢十六千。共人做到十五千八百。他有墳前塚在山。當日本擬徵有契存。如今要在坡下討山一大塊。其屋又要住到八月。乃出屋所付之錢。暫止少領。其不領者。要我家每月算一石息。多方磨糟。為我家任他如何說。則如何諾之。毫不執拗。總之不屑與小民爭競也。乃二月廿日說定。廿二日竟膽敢統帶無聊。窩伐其墓蔭八株出筆與我家山內之竹樹。如此無禮。弟不能容。為文請趙九辦子、白二伯、云云、飯踏看。伊二人限廿四日信。乃(至)廿五。我十乎子狂徒有數子。所以廿八、多人殺榮砍樹。照他出筆三老契。清出山地界限來。金山背強佔者也。若推這不知廿七日、遣趙陞卽九四下料。田

父親名、寫書一封。稟帖一个。又書十帖子與勸七。叫他再趙到門房去。請官辦理。卽便(就)打海了。初二日趙隹差十七八人來。師父台吳梧岡名鳴鳳山西汾州人批稟帖與衙門出示。票是仰該差卽押令蕭出座并帶人赴案究治。面細毛出閒有差來。先日請中間多人。已將話清。差來擱在縣由頭。

初五、毛生等四家皆來我家。言清界字。坟下山村地二丈餘

要求讓字文踏屋宇。他先白出，座退出。不成甚緩。我家將

出之小。大半即花費了。所謂頑民。細查此謀是以為之也。

綢褲子草衣從前來家為喜。云合宅平安。攜朝春前來

去。紅毛國言意假援貢工夫。滄丈之等貢執照。去年即

送來此次付交 兄見。求他見安便付來也。 兄二月十四日

之信。云想派一人管理宅內雜務。

父親意似以為可。但不知 兄是要何人。務必詳指一名。

乃好高臺。壽梁儒叢書。算是奉居瑯嬛於袖閣遣

送。蔡仙翁、江岷兄、均詩鈔。可見有書為難辦多者。終不

湮滅也。溫沅作文。互相圖出。大秀樂事。此次信太厚。未付

書信時細看。可付彼寄少許來。

汪蘋子有一大包寄給兄。那他寄遲寄來。心中萬々緒。

書不及百一。統惟心照、可也。即請

長兄大嫂夫人雙福　姪兒女均吉

己酉三月初九夜弟國濱呈

己酉
五號
四月初八夜弟國潢敬啓
五月十一到
長兄大人侍右：家中正月十八發信一封（一號），著劉一送省交蕭新吾，老弟信共兩函，因鄧陽家、鄒星階家、並廚子家各有信也、（二號初六）二月弟發一函、廿二又發一函（三號）、俱由驛付省者、三月初九宋子來一封（四號）、著彭四送交陳岱兄家、外酒藥東子一大包，已交貴常來、兄正月初十之信、二月十三收到、二月初六之信上巳日收、到、廿六之信、二月廿四收到、而摺弁二月廿四到京、發本正月之信猶不帶來、可謂大可恨矣、然三月之摺弁來、想可一日接三號四號之信也、

祖父自三月初九以後、身體甚好、

叔又健

元吉太祖考妣墳墓、以三月廿五畢工、次日、

墓上碑序、溫東所作、付稿呈覽

祖父戴紅頂、穿泥馬褂、細夾衣、球履、坐橋轎、用四夫、依然子扛、後面

扛內用一人打一蓋傘、

叔父偕弟等衣冠隨行、看祠堂、便看墓坟、三炮而出、三炮而入祠

房大觀、廿八日即稍有傷風、服表藥帖半即全愈、

父親身體亦健、精神亦好、在裏當差、摠偕弟等四人各值

一在、恰好二七三八、不便温等勞神、温等自上巳日開課了、俊惟
清明節間、錄些揚課作文、並寄作均好、而温文里最速、幾不可
十日交卷者、況稍遲、則四九日交學更遲、則本日交了、
母親体健、惟證右偶然嘔出二次、一次一系、医云竟不要緊、亦服藥
二帖、已辦丸藥料、待天晴即做、
叔父体氣更甚、與縢致甚好、據 兄二月底之信、云明年有些大喜了、
全加儀會洪滿、每早天曉起來估視櫃自置換呈與 弟文互商
候、弟在家較 兄趙公狂覺些差、與善以爲一定章程也、

叔母下壳右迹毒、狂流汁水、曷医二三人、總求全愈、幸身無他恙、其餘大小皆好、惟内子体太弱、时常小病、順賀祠停、前乳上生毒、起初七八天、每日二抱幼兒往大姊處乞乳、後又请乳母喂十餘天、日内將全愈、梁兒書字、明讀五言心、填紅硃[illegible]在旁邊寫小字、亦明有識記零星、錢字眼亦頗能記憶、次兒紀渠肥胖可愛、希六早前日到家（戚）、渠以三月廿九亥生一子、满意之至、陈幺之銀信照到即送來接、照渠則可冬月乃交、雖不全打把戲、亦總可村、共現在營庭如此、不知將來何如、祇希之為人言信以恆非

荒唐路殺也、陳浴兄月內有新寓之以弟前寄信收兄、云

總部兩信到否、兄寄什物必交他、請便信來、即寄使去

接、貴宮係在江蘇所定糧餉章程、陳杏江侍御所奏童尹

一摺、不知均可抄稿付回否、今年秧苗多不壞者、種二次者

壞者兩極多、日昨再大水、惟前年之爭生得分數、必已荒、可喜

也、書不詳盡、即候

兄大人
嫂夫人雙福

滿妹故上之碑已經豎立、弟書序文楷法頗工、諸弟皆極服、獨恨石工不善刻耳、碑有石座石罩做淸太樸之至

姪女兒趙吉

己酉四月廿六夜三鼓弟國淦謹上

六兄盛用十一到

長兄大人侍右弟以廿四下午由家動身。昨晚到縣。寓學署東齋。揖坊公

處。邑紳多查問。因將早為牌坊豎

聖旨。通邑之人俱鍵。若不能不達一回。然不經年日即當肆。一到縣內。其

新聞頗多。有廿二日。開丁州又牢生日。竟做紅緞金字屏二架。一

對九幅名。并撰并書。一幅朱補心名撰。蕭紹鈞名書。共做五

日話。鄉在省買見翅。竟守生日。昨日乃弟三日。請律士到五席、

惟西山長未去

兄弟、朱二席等、皆與席。華来衣冠。此等詳細是在歐陽

學師處見李敏十所告狀紙而知也。托李之告狀。不過討利。大約有取
千錢。印據狀紙去。不假虛了。其懷恨是未實得其屏。又見其狀
紙後批一壽文稿。內首是恭祝
敕授武信騎尉劉鑑亭宗先生云云。而弟處人說此樣好又好。說彼樣
好又好。不多寫一詞。師今已填實授。貼紅告示。曾拜東。弟
今日往會、並喜、並謝。細已寫。談的是京內升遷、外頭調補、及與人事
當務已大半完等了。毫未收他前初九日。着趙四送弟西吳信
至陳家。托其付來不知可收到否。正月之兩遞信未接到。已有信

實信与蕭新五寶安他查出。多費一二百不即速陳家付來。索後

如何。昨早又着趙四送信至陳处。并寄托季兄、蕭西查。兄

三月廿一之安信于十五日接到。陳竹兄之家集送。另搽趙好。浙江江

藩臬。不知何以皆休致。弟等在家。或和睦。或吵鬧。或打頂為人做出一

鄉來有人家來。或也如鄉惡無相隨便而以皆是。看弟等自己

志何如。　兄從後萬不必纏纏寄信回來。弟看此背月。止問一心心

謀不謀。其他不必言。　兄与六弟頗不十分融愜。而寄信又多將來

合著形相矣。　兄之居高爵貴。弟宜大度包涵。合族並好。如弟惟等

々凡處。所立在偏常內用功。務必吃得暗裏虧。忍得暗地氣。哉者可以算一。不然。終一頑軀而已。何所取也。

祖父旬內。穿得衣服少。身體極好。小手便亦有章程。得來可以一人送睡、扶起來。而除卻無能者。

父親叔父格外精神。經理家事。扶持族人。提攜地境。辛五積三百餘。以郎々存住。永無晉升典、幫辦紅茶莊出入數目銀錢、監守之人、每日將一百人及各莊上來往書信等事。每月身體不過千文現

聞去相安。茶事比兩月餘可成。畢工之後。即進茶廣益雜

做店學習生意。是以伙計相待。但開頭半月是平俸。後來稍

弟去議。當其勤勞時。

父親稱弟甚得有道理。蓋兩家店主皆毫不苟且者也。二妹懷孕

已將三個月。於廿日、血經損壞。大人極平安。

母親往住看。弟二十日往大姊家。兩家交互兩擾。要出月初乃可

還。丸藥已做就。甚好。大姊家請吉。

叔母之毒。羅樹二來擦治已二次。尚未見好。樹三亦來家問候。

叔母病雖久。而是生毒。不至大傷也。九弟夫婦。於廿二往熊家。

因其岳母廿日去世。昨日安葬。今日內外皆歸。汪二爺之次媳三
月廿二以產病死矣。其兩兄弟向來和睦之至。近因汪三多事。買地
改葬其祖母。將來必至大決裂。而現與北六兄其子配汪二爺大子之女在中
調停。睦之則我亦無事。 兄三月之信。意不改
祖母之墳。並理由是。而前年之內。亦必改選吉利之年。倚看一次。乃可
實為。能家中即買幾十千之地亦安
叔父欽之喜。商量何不乃如。後輩不敢亂來也。
叔父前在樟樹塘山內看一地。各朋友看看者。皆云雖不甚大而極

安徽已經買得。去了十二千。係小路老親巷子出筆。將來即
全不是的。也有半西山。總是
叔父私買的。若大家看得可好。則大中用。不然。
叔使計以之做壽藏也。北京兄於十五日到我家。云其父兄、皆要六
月乃歸。牧兄考試雖不得意。而要法實在長進。其信付呈。
故箴皆付來。東皋山長陳旭亭翁。亦請其親家黃念
一稅房到我家。辦禮物可兩千外。又送來元艮十兩。求
董上字信託　兄到鄉裏打探。陳居閑過。道光元年入湘。

御取第四名補廪。廿五年考取貢生。廿六年陳學使壇、段作

恩貢。給以執照。茲照送交陳塔兄。求其覓妥便付來。照到之日。

兄務必為他辦理。其銀不必付來。此後搭可於五十兩除。此

父親荅應者。即本年 命家信也。郡城較風太甚。又太但深。寄

儔極不恭敬。伏乞

賓大長者宥恕為禱。咲咲。即問

兄大人
嫂夫人均安　　姪兒
　　　　　　　姪女清吉

又者兩一姪之派名、與 叔父官名、音太相同、望 兄將兩姪
之潭字另更一字為感、

己酉第七号　六月十七到

己酉閏月廿六夜三鼓弟國潢敬啓

長兄大人侍右頃接　兄四月十七巳刻所發第七号安信并伍太爺、師昭府、蔣祝三各信。又抄報等件。得悉一切詳細。分外歡欣。弟四月廿六夜。交孫寄信一函（弟六号）。係着彭四送省城交陳家者。想彭不甚遺失。正月之兩函信。想已來到。實在悶氣。弟前已三信查蕭新石。蕭本月之朔回信來。云其信兩封。係親自交提塘王二爺手。因渠信太多。延住一日。現已發去。萬不得失漏等語。弟擬此次信請陳家兄弟。又要学蕭新石來查一樣。也要不

知。遲到之由，那時左秘城。因揭坊告諭。又溫弟指臨，其餘知程丙午十

一月印到。揭示辦理四文。共有七處、竟大不易、前鄉試在邇。要辦欽（欽差文書與地方官之往、縣學院衙門的、乃可買卷考也、此各件已到手、收存）

文書。又要官與族鄰出具連環結。而四文手續辦。即不好辦。欽差文

書。所謂四文者。即鄉裏人所謂引見文書。它要帶本人見官。

禮房些難者。須不十六千。這竟不能少。欽差文書。則須不弍千四百。

琫文當日在嚴公手引見。幽恭恭敬敬去不十六千与禮房。本非難的。

自己送筆帖。官之八千則不用矣。門上戳押之者。亦不用矣。此孔

房之費不少。他的怨人說我和某。合欽差文書。共止用不五

千八百矣。所省出了十二千零。則辦

叔父綢小衣各二條。

母親一條。又整壽六家。正臘兩禮共十三年未完。又一个不辦不出謝（每年正臘五六四年未完、山平五珠等九年未完、）

去年起。即託弟籌次。今年繼十舅母臨死。猶深其孫子拜託

罷免爭閱恩。本以膠結難清之事。而心慈之人。聞其遺囑。又聞

其家兩年來、僅差闊得要緊。却昨一概了之。辦清共清出

油票五十二張。此去不要十四千弍百。此外不已了

要上高產。我家數舊賬二三年內。我　兄有周濟他的。我家中

亦周濟他。此亦不周濟，而蓮〻畝已出當多年。而糧仍存，憐孫
人實在可憐。秋收後，擬命九弟代蓮兄弟請客一席，將糧仓
歸各出錢完納。金不要租。一心做工度日，安〻樂〻。又袁清九遣
寛枉了。自正月起，至我家無欵，況有間、弟已在鄉為他再請一件
非又一件經官。弟隱忍了〻，調停清白。在秋將各件辦清。至本
月初九早，將擬訪寬頂，即動身歸。因是單騎（止兩挑夫），由大路。宿桂花
樹。次日冒雨至蔣市街，見有無聊之徒，辦燒，手提銅鑼，閙〻則
云爾有幾千人到元來涉黨二一跳子家去草了。弟極力

晓谕。若紧云已贴揭子四张，未去成。今日约黄泉山、蒋市街
南竹坡、花桥、各处之人同去，以放烧鸣锣为度。而因弟之晓谕。蒋
市街之人，烧锣俱收拾而去，仍是要去。先日与萧观一同行至山
早。分手时，定要弟次日至他家便饭。渠亦在和间一小铺。一为
铺。交服同学中人最好。乃弟至彭牲坳。地势固高。又身骑马
上。闻花桥一处鸣锣放烧。发手摩戟样子。随转到贺家坳。不
至点心时。而观一已先带人搁兴。待弟至进屋。已来二千人矣。单之（止有三队房之人）
闹之。全不是之太平气象。而单为者。虽有头目。又不献出。

本高聲曉論。人人皆服。而總要開了。我向他聲明我吃一頓稀飯亦皆
不準。至日晡乃講清。訂十三日、約通過都有各各家。至南竹鈀議叢、
減輕。乃退人。起一家、楠竹樹木衣服皆米雞鴨等項。所失約四千
不光景。弟烟沒到家。

祖父身體甚好。旬內起得最早。飯後出外少坐。即進房睡。間或
打鼾。與早年一樣。待午飯時起來。吃建元。又出來。然後進房午
飯。（近來喫飯李婦媽居多）茶後即出來久坐。又吃建元。一袋煙。即吃飯。吃粥三口。葉
子煙一大兜。喝茶即睡。總要起來幾次。每日飲食、與身上衣服

鞋襪。件件精精緻緻。總是要盡相不得片時離人。兒不必過於掛念。

鹿茸若好來買。則不必買。藏不原不要緊。第一難得熟。不曉得焙。

若弄得不好。則枉費矣。

父親於五相之中。在

祖父房宿一夜。近境及族間子。當難者。全不惜勞。家中之多固然。精神

之好如此。

母親身體甚好。料理內政如常。

叔父天曉起來。不早飯。則不出

祖父之病。有一人來。先在之伺候者。乃可去睡。早早如是。甚可佩服。

叔母較前格外清白。而面上之毒。總未十分全好。率傭如瘧也。溫院

有幾課未作文。因私外出也。溫之自揣。分外長進。季弟學證

已三篇。膽調極熟。心亦靈動。較作文之思路。全然不同。所裡生成

一半。亦識其也。梁見下亟已完。鄉黨註已讀兩葉。所讀之書。皆熟現

寫模本。其小字亦漸之似了。其餘大小書日皆好。辛丑在所寫

他不許頃。茶子亦猶未告語。大約端節可以一併各外錫讀書。

止于此。唯腰眼腫已。館中之讀書者共十二人。氣味分外不前

十三日、在南竹觀賀者僧者，竟來千餘人。鄒凱五說得不好。至聊柴斃

手勒出簽。各紳士皆起稿公請，亦云。亦乃立於上，高聲吩咐。若要通都

派捐。發則派了派。保甲造出煙戶冊來。押令發糴。其人各當之匯。

要稍殷實家、5保甲。則有若家買來則不可減價。廿日發一期。以

七月初為止。每人一口。一期發一升。（如一家五人則五升、）其斗通用舊秤。者價不通，是一千

八。不能糴一升者。則發米。議畢。同声曰好。日活恩。貧民之可憐也。何

以了之。我鄉如王如一等。現在在閩買至二千（貳）。為富不仁。誠若

是乎。而廿二鄉之草子肅。後又在三宮巷、舊有三、舊雄十家。

大哥於閏。自此議定。目下半定矣。

父親東返日將本都議定。另有派定。寄來草閏。聞邑中將積存數票

叢雜。每外羅不止廿八文。又設施賑廠。官紳皆極力調停。又禾苗未得甚好。

一得歲豐則更安矣。外官不是買賣。在 兄是深甚是。然我家居無

兄朝夕在京。熱熱閙閙。家中安得衣足食足。禮義頗興。凡事皆有條

有理。又能勤儉相持。樸實做了。做今要緊与在家之人。情止起好

處。而推本原之也。全不用功。則大悖乎道理。如前所回之信。將官

場看得透切之至。其信直使理學名臣。一齊俯首者。要緊

尚不配真實曉得佛會也。然而弟輩當痛加勉勵。弟現寓案橫
屋樓上。不為庭差之杞。則看何俗道觀。現已圖三本。閒裁譜
之知。竟旁勤屋上之磋。宜其萬年百年傳之而不朽也。兄寄師的
材信甚好。箋上複稿已換。明白即去。於官大約以楊大元信為滿
也。草草不敬。亦聊呈　瑾而已。頃聞
長嫂夫人閨安
三姪讀書。豐懷龍溫為望。
姪女均吉

己酉第一号　六月十七到

端午在本國漢敬啓賀
長兄大人
嫂夫人節喜、閏月廿六、寄呈平安家信第七號、由
郵埠交教精遞岩埠、送陳宅、想不至於遺失、寄信之
後家中老少平安如常、
祖父昨下午、剃頭、洛手、換新衣褲、氣色分外光潤、可憐口
不能言、又常常流涎水、然為平安、即是福、古人云云
矣、吳必俊、張凱、王得聘兄、自三月移往永新、晉升
典籍、茶頭、幫已動身進廣、二號志在即日回城、

聘兄八九十天內、無早無夜、出力不少、聞其內人極歡
喜他、茲已送他錢二千、買棉花四頃、家備由永陣、又付
回錢二千、並寄桂元建餅蘇扇等物、呈
祖父、信云得茶與清理、十一日進陣、其意謂十二日接
妹母壽也、備餅如去打點做去、逢生意買賣、即認真
學習、以之發來、亦無不可、且聞妹今年未發者、可言
十五佳衡山和、昨日乃陣、所與多係人家詞訟、討利
與否、猶未實知、而近日在

祖父母，可謂孝敬已極，今年時常送熟雞熟肉，又在衡屢
付極早時蔬及建元等物，子四月之季，任尊叔請客
向添梓坪借錢，他在海閱之，寄信
叔父中云此乃亦無倖統，伏望極言責之，即此類觀，出門
之人，眼界寬，識見進，俗言亦不虛也。又大爺寄來
信二封，年老之人，欲心無厭，或理會，或不理會，想
兄必有酬處之處，三妹讀書，止要日日不間，即已讀
者，欲再點過，亦不妨，然以後即須時常查讀，不可

今年疎忽也、茲十九〃壽屏、秋月若狂不付到家、本
即尚逗其館、捏詞如〃何〃難〃辨〃云〃、不然、則太難對人
也、希六〃弟、早知秋月乃上兄、家中可以從容寫信告
知他矣、薄視二〃廿五千不、武〃文武至、四月十七〃信、未道及、
殊深罣念、為陳二界、避到忠矣、明日著茲四佳省至
陳宅攘什物也、語不詳盡、餘候續啓、即問
姪
女兒均吉
六月廿七燈 二十年 止此

第九號　七月十二到

己丑六月初七在胞弟潢毅啓

長兄大人侍右：端節呈函。送彭(?)升晉省便携，奮(?)隔二旬，所帶件物，
彭(?)僕。本歲送見書，查陳尚無信。惟則有人寄飯菜，來未携到。
昨辰又送彭(?)不(?)岩(?)暑(?)二旬後，可到也。自携兄四月十七寄信後，未得音耗(?)。
望之鄉間自端節後，穀價漲至三千四五。全倉者每日餓斃(?)七八
十。民饑饉情景況之可憐，不可語言形也。而禾稻之形無匹，當雖(?)極(?)差者(?)
承江蓋得來收成。而信(?)於往年，又得五月廿六及時之雨，人心大定。
谷價已減至二千四五，飢民亦少。此後亡有無慮也。

彩(?)豐

祖父大人本月以來。精神極其疲倦。身體日日減瘦。前三日來。服孫々參枝。是用建元蒸做吾吃的。々枝5兩蒸來收。吃乾淨服完。六來大致每日上午仍三睡。下午多數四睡。夜間最少亦起來五次（多者竟有十三四次）。自二月初起上床下床。總是兩人抬扶起。此熱天受病者已兩樣。何如耳。今年熱天。不能喜在在屋裏坐。本年不好睡。又不好坐耳。所幸每日三頓飯如常。惟吃飯口中流涎最甚。大小便較前稍少些。一則以懼。正此時也。

父親精神極佳。興會極好。雖（推西林各間時）先在伺候

祖父。次早亦不要多睡。撤天地。吩咐各了件。算計亦總無差錯也。

母親身体如常。理內政如常。惟体厚天熱。較難於甦度寒冬也。

叔父總是不大睏起來。身体甚好。看色消如瘦。最合式的是寬衣。

叔母兩腿下下毒。總未全愈。而清白較前愈好些也。五月十二。四十一年

壽旦。先下午都是冰冰冷冷。若寬衣善華勤儉。惟弟隱辦煙紆鉛盒

約八席。本日內外正是十二席。頗体面。已後年月都有補禮者。

地方人人殷勤我家。可見參弟以衣服答客。如羅樹三府府子、葛村三、汪家少爺兄弟等人。

收拾各事。一点鐘時。即備一天單請往親與等祭

關聖帝。因其經營預期請主祭也。當數分收開之協親人廣眾之中。來伯

已葬儀。樸澹素而不張皇。安靜而無忙舛錯。此所謂克家子。王積鈞也。
而禮生與執事之人。係陳全一、崔丑、王藩三、顧十、康三、舒可心等。日中
則在硤石祭 即袁帙卿爺之居內。袁已於二月去世。
關聖帝。亦是其經翁覓取日請主祭。兩處皆是 工人稍有錢項。又兩
處皆是今年大發。故如是請之。所謂士食舊德。弟則適逢其會也。
弟之二十初度。可謂度得極熱鬧矣。通院下者。大半在七月初。遂來
作文。多是間一會似一會。家中事務本也太煩瑣。實怪不得他臉懶
惰。課兒讀書如常。昨日福師命作學而時習之破題。曰、聖人思以之

字時習也。亦戲言大有乃父風。次兒豐肥異常。善哭。能識祖父〻親〻聲
音。嘲動。提著要抱。兩四姪、体較瘦而甚結實。季弟月內大發其胖体。
近日內有小恙。（自淋）近時將全家中將起槽造房。約需百石。今年雖不能出賣
可以出產費用。現在負人家者。泰福三兆七十千。（去年老碑存的不肯一會敢回去、）永豐蔡雜貨店廿
餘千。其餘止打算家中用費。彭大生之錢。去年在衣店交九弟一半。
餘廿千。其族人應七月的時送來。尚未起。當向一人說過。合湘潭
之錢及零星各項。收齊尚可二千千。又首　兄所付之銀四數呼
來。遣去。想無多窘手之時也。大姊家雖今可餘八十餘千。程（彭豐）芳兄

月來頗清白一点。章五兄五月十一帰。当舖裏送他年俸乃前後共十

千。廿日又去。当舖要留。茶店則要請。已入茶而搖有些口不对。所以處寄

處弟。兩家人口皆好。瑞元甫將請州義論。宗福九起身。前日其弟来。

强硬借小數千千。推送費。實在不能應允。陸以舊說樓代辦。越二日又送

十千小的借約來。懇欲領受。今日如數送去。外写一信送程儀小一千頃四

素叔叔云。然而世道來不是十分惟停也。如我家之法之勤勉者

寥寥人能。然弟等借去借百兩。程華章之款。外附林師楼岡文台一信。鄉

里難處將說三家各一信。陳岱雲兄處。請託之事太多。此次送細茶八

斤。臘脯四包。聊以寄意而已。即請

兄大人

嫂夫人 近安

三姪讀書。僉讀。僉聽。慧僉勤勵為望

姪女均好 七月十三接信 弟上澂謹呈

七月十二夜胞弟漢謹稟

長兄大人侍右、六月初八叢弟九號安信、比彭外陳來接　兄七月十五之信、詳領一切、劣孫二男處所寄各件、亦均接回、惟衣包尚存陳宅、因嘗兄一時忘叢弟、後溫沅兩弟、於廿二日晉省、弟茫未留函、托兩弟到省、必能詳為且悉、叢弟十號安信未參、

祖父自廿五六起、牙降未好、常最清白、惟中間有三四天只能吃粥、因脫釘牙已、面肉氣色光潤紅嫩、儘可不必掛念、

父親本月之季、因送

祖父睡、圍了暑、兩日乃愈、自後我地老人家、不必勞神置宿、然每日審求及
外面事件、極力調停、其無片瞬暇矣、二姊於溫沅起行至第三夜、也
憲忖瘦病、
母親跌往次日、伊家、調息至初二日、送他歸來、靜養至初八四玄、現已復元、
韋萍五兄、因手傷不去健、先十日在蘇處歸、徇候有人也、
叔父搖是與會淋漓、惟廿七八水洩、幾天、服附桂兩帖、全愈、
叔母之毒、搖不斷根、本無他慮耳、
母親日內腳上生瘡毒、大半由濕熱起、用洗藥淨洗、又服解毒

兩帖、無甚礙、弟前幾天有小恙（白淋）、服涼得不必之藥六七帖、乃愈、連又
生白喉瘋、服頗多附桂熟地等藥、即全效、然雖抱恙、亦仍可理事
也、正月之兩信、候兩弟到省、定可查一得水底石穿、倘他賠再查不
出此信則彈之鳥有矣、然 兄前有一信、可弟再行寄過、實之難
記、大意是說家中債務、中間有兩可稍詳者、一可說次女許彭家、
正月八日訂婚之事、一可說彭十九之壽屏、語甚無禮、後因據 兄
有一信、云今年上半年、定當付回、弟於此即當復謝更早知 兄自後
之信、全不提及、即不謝之亦可、此非別人之事、而屢言不一二言者、實

不肯失信於人也、然想在今年、夏秋 兄草草辦就付回為感不盡、
趙家必極草催候當日是講他銀用于、趕 兄極外見原莫令
弟 釘子碰到底录
哥哥嫂嫂 為弟根指此後居然衣冠中人不為齊泯教謹叩謝並付來
藍布色一个、內趙福安師送硃紅棉布一丈、白布一丈二 伯祖母白布
一匹、三丈 基善八對 白布一匹、三丈 又茶葉一箬、八斤 內鞋底刀一把、上
鞋錐子三个、外小茶葉一箬、寄梁儒翁的、此兩件、皆送陳宅、託
世兄帶、初冬或可到也。鄉 星階家收到銀兩、有回信與弟並

并附來可文呈叱一閱。季弟之字，近日非常長進，呈上一葉，煩
賜覽。今年月半是我家尚年，一切事情，皆算辦得整齊。
叔父自得明年須記喜信後，無日不道及。但　兄為之辦理，用一切皆
就，惟無銅珠，房中若有存者，可便寄一挂回。此信十二夜寫就，連
荘幾天。十四夜接溫沅在省七月初八所發之信，附　兄六月十
四弟十一號信，內外清吉，一切順適，為頌為慰。信去十三日接奔文劄，
又不獲家信，弟不禁痛恨。弟四月廿四在孫之信，已呈覽，閏月底發
弟七號，端陽後四日弟八號，六月初八弟九號，多由陳宅寄，郵何以

咨兄皆發，而總不到京，實屬不解。兄云六月初二發第十號信，即未到。其

初二之稿并，稍後於十四之稿并抄，我

皇上彰善癉惡，不一而足，凡因前任者當無不時存感思也。三姪一概常已經派雲甲

丙戌庚寅取晉陽，所以不用乙丁字，不必再改。溫院之信云，送兄要十月乃

起程。茶葉布包已待重九後乃送下。蕭華之異呈，即閱

姪女兄婿好，此為國漢之第十號論家書，則應

哥哥嫂嫂全吉。

是十一號也，伏惟

心照不宣。

胞弟潢於八月十七夜二鼓由蒙子廍草呈

長兄大人侍右、頃得一新發學史單、中係月之朔日發的、兄竟京生、但不知其單屢實否、弟七月十五發信弟十號、交丹家琳常至志城、爲兩弟發來、此際想已收到、弟次日即上永豐、因邑中云及、所用館款、多有存永兄處支用者、以致目太緊、必須算明、此時堯師已東、又赴小房兄由任下處、亦遂之、淩詐甚妙、譚甯封翁兄、又要送底算、弟想我不受、渠以十九早下縣、另立一人（共三人）瞷弟起行送來、正得受之、本日到家、

祖父大人於十七日起水瀉、初不覺礙我、且至疲倦極甚、竟至有一二時不舉頭者、以即以茸用湯混服幾天、而每日每夜、必要洗換幾次、至廿七乃止、先一二天、精神

已揭、廿六即寫全家信、廿九下午、適生歷屋、兩弟由省寄交回、報曰廿四考貢監、廿六發案、華名取第一、荃弟取第四、劉豫川兄就幕善化、六弟接到弟之監照即與之商量、就近起文、一毛不費、順遂極矣、堂上老人及內外皆喜之至、將信拆看、當弟即刻起程晉省入闈、信內有 兄五月十二一信、廿日一信、六月廿五一信、惟六月初二之信、至今未收到、所付鹿茸片皆到、堂上因兩弟情致意厚、敘荃弟即於明日動身、沿驛而行、初二夜到、一路清吉、且格外順遂、兩弟至省時皆平安、弟五日內未出門、初八進頭場、至十六日三場完、題皆易錄、弟等三場皆安當出來、惟六弟二場抱小恙、亦完卷無疵、夫弟之入闈也、豈有意科名哉、蓋 國家之盛典、必須領略一回也、掄佀則鄙手不敢望

覽、西弟想必謄稿付來、將來第一要務鈞山、而以雕兄弟、有三人進場、程乙齋、

即已極甚、況手入手後、即有指望、弟在場中、既靜而寬、不張皇、昨早出來、詢除

盛兄季、竹兄西雲、曹西兄因弟來、即趕樹兄來省、昨日西兄大擺筵宴、西親家訂

吳、陪月老先生、男家辦四色京貨、女家則辦四色廣貨、二鼓乃散、樹兄今日辦

菜來弟處、陪月老與親家、仍邀彭寬生等人、而樹兄本抱瘧疾、今日來席半

晌、即大打而特打、睡不能起、僅隔一壁中、聞西峯聲聲、竟不能吃自己飲食、而痛

恨也、西兄謹守弟長函、自後未及作信、致意請安、樹兄竹兄均致意意、譚庸

才兄、曾與弟三兩次、寫（借二百餘兩去）兄在京要須大葬一架、青色看重道黃的、第一要

一頂色、其角宜短、一種四面、他處現鈔來分一半、昨到九扇來、趁十九寄信一

封、銀五千兩、託兄尹葬 弟立回信、將銀退去、而弟喜欲 兄處頂上好一架呈

祖父陀弟即為譚彭三股分用、譚彭之銀、請樹兄帶來、不知 兄意何如、樹兄六月由廣

省回、須送至晶鏡眼鏡洋花被面錢帕羽扇呈

父親、弟明早趕炮時、即飛馳而去、再不可流連、兩弟收拾一切、亦限他廿日趕赴桂

帆也、請斟詳呈、順問

長兄大嫂夫人安吉、 姪兒姪女均好

頭場 詩云如切至其斯之謂与 賜也二句

周公思三王至仰而思之 桂枝生自直 得生字

二場、備物致用至為天下利 主事數卷至竟由繹之 八月萑葦 成季孫宿如晉 春秋成以孔原二句

三場 一問經學 二問史記地名 三問選舉 四問吏治 五問鹽務

吳光迥
羅澤南 羅山
許時遜
吳光霽
曾國荃
文道欽
文奎 即文西垣
羅君 去年新生 今年故去
張書紳 第十
羅作漢
阮甲聯 即一介 行第九
彭興華
李興誥

一 曾英
〢 王金鍾
〣 劉岳飈 元堂之姪 去年佾生
〤 易集
〥 周輝春 號首
〦 周念慈
〧 許薩阿 府首 許藝廬之姪
〨 易良翰 即趙七孔垣之長婿
〩 周禧安
十 趙中徽
〡〡 彭世禧
〡〢 李振遠 一名如茂 氣被傷
〡〣 彭昌雲 隴聲一
〡〤 曾錦書 鄧龍二
〡〥 章瑞垣
〡〦 謝鴻儒 擢壽
〡〧 劉兆巖 拔舂

己酉八月廿六夜胞弟國濱謹稟

長兄大人侍右、前十七夜、在省寄呈一函、想可達　覽、弟以廿夜到家、沅明廿二、溫明廿四、路上均極清吉、

祖父大人自本月初起、極其安康、惟昨廿五日、吃過午飯、季弟婦出外打洗手水、剛出房門、即聞其跌於地、弟等四人立走向前、竟是向天、比扼起來、自己即將左手扯小衣、要小解、接之甚長、色極清、敬叩之曰、我倚手掉頭示以無傷、日內身體甚好、每日出階簷上坐四次、雖久、飲食亦如舊、

父親
叔父精神極其振奮、身體皆健、

母親溼疥所生熱毒、現已全愈、早起晏眠、理內政直無閒時、
叔母毒雖盡好、而下元漸長、形貌頗小異矣、其餘眷口皆清吉、葛六親
母、於中秋日接至我家、一則六弟婦得分娩、二則葛以重陽後滿五十、可以避
做酒也、二伯祖母腹上生一極大惡毒、已將一月、現已收功、體健如常、各族戚
家皆平安、辛五自六月底歸、此後不命他去、渠太不經用、止在家吃
得頓飯、以後止求其不亂走、不散財便了、彭福蓀先生明年大半復
任、蓋諸生均要在此、我家亦樂得而前之、但目下猶未提及添梓坪大約
請莘田叔、　兄所送各親友之禾、其銀以早回為妙、太遲則鄉間

雖換不也、今年之考費千千、弟竟可分四之一、樂極、但明年又小試、又大場、

兄之送也、其十千千矣、押信之矣、請示、若因近境有走省辦貨者、聊呈

數語、外伍太守一信、拔封付來、這雖大也、鄙屋階家信一件、望即遣

人送交、 兄去冬所送親友之外、況弟七月初、又詳閱一數來、應已呈

覽也、語雖詳盡、均係續呈、即請

兄大

長嫂夫人近好　　姪兒炤吉

姪女

兩弟在省、臨歸時極其倉卒、故未謄文章來、且云有所得、則自呈 覽、亦所

得、則何必呈 覽、之論最通

郁國漢謹啓賀
兄大人嫂夫人大喜、九月初一接　兄七月十六之信、廿六接　兄八月十一之信、知　兄
並署兵部、委任歡欣、徵官止於標大權、意之得與不勝、額々手々、且
堂上老人、并未十分遂意、除卻不得意、則無衣無食、即當望之切、里之深、既而
以衣食經日、又何至於萬分盼望、　兄弟不必掛念、惟　兄告歸之說、
父母親皆大以為不可、自後不惟不可出諸言、并不可作此想、何也、一則年已老極、
聖上必至望挽、二則以一品大人歸里、鄉村之人、少男弱女、驚擾當至何如、甚且驚矣
勅地、境內一旬猶不得安靜、三則棄妻子兒女於遠方、如何放心、除非放之矣、

弟不得已而遠離數月、則又當別論、歸家之意、從此而息可也、

祖父大人五六日內、精神極疲倦、飯亦不甚吃、腎囊又累難、且痛、形樣極其可憐、為子孫者、止好照樣打頂、再不能別有好計也、

父母親精神極好、身體極健、理內政外政、煩煩瑣瑣、真如打鐵一般、毫不為勞、

叔父身體清吉、惟於子侄間有辦理不清處、不免隨其性走、少少安適也、

嬸母起來宜要日晡、毒則全好、并無別恙、又從不開口說話、六姊婦胎不甚安、已五天現服大補劑、又云月內當生、將來臨產、應當平安、其

餘眷口俱好、

父親六十大壽、已定計避生、亦祗避隱幾天、凡親友遠者、皆先已付信

不必來、若在家、勢則二三十席、費用也難、搬運也難、避之最好、希庵

與陳岱雲屢要弟親送銀前往面訂、寔要弟走一遭也、銀一到手、

即將兄所送各親友之錢、照單分送、絲毫不得苟且、鄒岳屏四

兄前十七日三力夫來家、豪送題多五支、計二兩、外匣子四個、建元南棗白蓮

審錢四項也、其人不足[illegible]生而富[illegible]豪、不知鄙難、其餘一切皆尚可靠、承看

祖父之脈說春月剋、不可加病、加病則大不宜、到三月泛春不該用黃、參、

黃柏、據宜養火、陽元湯開二方、先服者止二劑、有穢、常服者、安

桂建萬担地等菜、未用錢多、常服之方、現需止服兩帖、亦不過如是云、

母親喜服、他看極好、平時宜附桂札姜等味、看舉頭嘴西沖之地、則是

油舖之窟不是、水口更不是、並不好罷、家中所地之說、平日亦未十分急

迫、十九日適萬親母在我家五十生辰、內外兩海多席陪款、渠亦

甚歡喜、廿一日去、打發轎不四千兩已、十八日歐陽親母六十一大壽、係澤濤前往住拜壽、

辦盃礼四樣、兄所寄之棉襖、

母親備办八百代衣有、客廿餘席、怪蚜席、時滄溟先生、尚在書院未到、合宅皆好、

嫂之要搭北六兄地方、兼免太麵視他、本七月過湘潭、他已另郎五生、

一劉姓、一張姓、四人合開桂義紙行、十五擬曾在我家鋪山、
父親大為責備、意謂父兄勤勤苦苦積下、他如何實去逛花花世界、專看
不寄人籬下、原好從他意、夫子凡生意皆要靜奉、則可以不惑、昨在樓
兄八月之信、又接二月由唐太守外所寄之信、唐前交銀、忘交來信、昨
夜接到、乃知有小館寄歐陽干娘者、其錢尚在、遲日有便即付
父牧雲兄手、又接岱兄信、云已寄十月稍六百、樹重竹屋回行來
京、前送寄藍布包二個、約十五丈、姪兒姪女共六人、小衣汗褂也
須布幾多、況系不可不付者、茶葉二簍、共約十四斤、其小簍

當日打算送渠餽之、所以裏頭小菜忘了、因封了太緊、未及抽出、
鹹菜報爭共一大罈、內泥菜子三百、用[illegible]油香謹封的、必不至於通鹹
氣、每糯米弍斗、下十粒、北方天氣乾燥、止下九粒、家中的年可
一百石谷出糧、可一百石紙變賣、一切了件、免不必趕急也、心中
可廿紙、太在深聊呈覽多、統求
心鑒、的年仍延福蒼師、梁兒溫存不去眾子、[illegible]書不殺趁多、然不讀
熟則不背、形樣亦頗算大方、皆算可望在福師手上一年、讀上孟小半本、中
孟下孟兩本、姊覺註大學註中、庸註得完、均算熟其熟背得明明、不甚
錯誤也、即望　姪兒讀書長進、　姪兒姪女均去、九月廿七夜謹啓

長兄大人侍右初四日未時痛遭

祖父大人大故。合室哀腸寸裂。奈何如何。申正洗裝起。戌初方定。件俱用綿子

緊裹。從後用綿子衣褲。用裹綢纏之。乃穿白綢布短衣。摔綢小衣。

洋布襪。兄所付四天青緞朝靴。上加鋪綿子的水紅綢夾衣。又加起花素

綢草衣。兄所辦八吉級袍套。蟒袍。一品補服。生紗緯帽。一品頂

戴。家所送晶朝珠。以上一切皆

妝殮。弟等親做的領屛鞋襪。裝完即入棺。石灰墊草厚多。四處皆匝

得緊。先是廿七日着人送什物往依家。弟弟來信止說

祖父精神不振。不甚飲食。廿日早上一面。因双腳請初一日算命。又往還。恐其打弟下

手。必要親往辭辭。又多又有家來鄉五叟等辦妥。亦要弟往乃行。現已來鄉

初三日昨到家。知退弟即於卅巳刻生一女。大小平安。將一切告知

祖父尚屬清白。特患痛、伏臥不能言語。初四天時時即變形狀。所服之藥附子乾姜等類焉。

忽然喉內之痰。咽得並大。既不得出。又不得入。早飯時止吃粥水將一杯。兩仍少許。又

狀睡一會。吃藥后吐出三次。午时又吃回湯大杯。半夜忽出大汗二次。午後則

變白色。因聲大喊之。

母親對面號哭一聲。

祖父目雖閉。而亦流淚如泉。未久則出痰收氣。志息而逝矣。嗚呼痛哉。時如之何。

自初五(四)起日來弔者三二百人(不等)。每日十餘席。一切俱從儉節。初七出付殮殯。相深

朱服。今日又十餘席。自今以後。凡客陪葬自家。陪力夫二貲封則照舊席

面擬正弄子、金針、南粉、肉、豆、蔬菜八樣。將來用不過如

祖母身後一樣。而用法或(可)加周密耳。安厝之期。定在十一月。

敘已決計安厝於木斗沖一則

祖母葬後平安之事一則

祖父生平願念原在木斗沖。又鄧岳看木斗沖亦安穩。此時亦無甚要玉米。將理朝向宜照當

日前墓門一樣耳。昨老師福六到看

至文所買樟樹壹之地。喜係好。此後家中主意。臨葬時先二日到木斗沖開孔。若

好則合葬而再不改第一不然。即往樟樹壹。叢引後即做上山墓塌揩之所有

叔父潤傳。兄儀可放心。

十月初八八夜弟國潢叔溪啟

弟國潢敘派啓

長兄大人侍右。十月初八發信一函。云十月初四未時遭

祖父大人大故。諒已收到。其信頗詳。至十二日。弟往祠堂。一想辭各家門口。二想希

六新相功名。必在祠堂。乃知希六已於五月十六死矣。至往李子山。蘇四倚候

數天。臨終。蘇問其功名。而徒連作恨聲。以右手拍股。嘆息答曰不知

為何功名云云。渠戴頂子三次。一自家滿七十陞安。一娶媳陞安。一壠上壽命

伴了接官。問希何人。班上答云。某某大人令孫。官稱之曰。孫老大人此頂

最得意。希六之又已要矣。而四喜丁酉年。以村人而能識五侯。亦當送他。說以就酒

下面之事。更加要做。現今蘇四之意欲接執照戴頂。而又無一月。弟未應。弟與

叔父商量。待執照到。具字并照送衡陽縣字云。族叔某某托在京報捐。何時上兑

何時領照。現今接照來。而其人已某時死。若懇回詳。并將執照註銷云云。懇

安寓，兩弟六在大占收，六必感。兄情急，弟在相當陳鋒元，蘇云陳已回長樂，
撫上有官方要需，官在府，連夜飛信到長樂，他已動身，更好，不然即他即日來福，
弟与蘇十四夜到府，廖歐陽姻兄伯考陵，满院考辭，謹謹鏡之，可見人之立
品之有意也。十五夜，陳書使來，信寄蘇，并不回信，要蘇代辦，廖陪弟於甚
覆信去，望他廿日定要到，廿一尚未來，廿二着韃回去，廿四夜回考陵，陳交標
癸戌百四十四千，知其一百和期，計十一月廿八在蘇回家，見之，交其一百四十四期，
載明年三月，比又寄信去，要他十二月再辦一百，蘇六十分答說，此項可以
家弟細查陳之為人，是英雄豪傑，韃回亦云其人性介之好，不是好鋒面，
他因弟二月寄信，希之，五月間即耀武揚威，打家劫舍，口稱皇某丈人，送
他功名，後因照來，總不出城，所以撫上官方數月，粘不損害，他尚日善底子
仗也程，待不少，此後有　兄之信，為憑，則放心矣。代其人自六月起，即非惡，至今
未食宿。弟所以不親到他家，姑因廟山上屋時，為陳濟來在衙，拏十八子前，大庭廣
衆與歐陽姻伯及各紳調停，至今尚乃清理，為廟山一族紳家，連夜人來，要用鼓吹
接弟回廟，弟以無知，取名族人而已，弟獲勝七表兄之數，姻伯大把戲，士元等皆有些
氣，

祺笑法先更可知矣。送各親族之錢，照單分送，不得絲毫苟且。澤楷將信即
當面交，可以往看，則不借他人。如必要，則借紀弟廿四在蓮湖動身，廿六到家。各
一膝日。蓋因

姊父　對父

父已著之言，並非自己所著之言，皆不能不了要。不出外，則時有人會；出外，則一日數次
佛并攔馬女之多。自問何知，而人之尊仰如此，而家中之事，概付溫沅洪
辦理。凡事皆從儉約，已擇十一月廿六起佛會，共四日，大半臘月初九叢司樓具
要瞞，而看大勢。從瞞也有六七十席。實在地境、及族人親戚、格外尊敬
祖父大人也。此後庶萁已不必照。譚彭之外，亦不必用樹兒等付。完矣。兒即照回，弟亦
不打此小把戲。然小女則不打得來，而兒有个大把戲打。但須數年之後，當面
商議，非苟然也。朱堯師送一包子八斗。藍綾輓聯一付。聯云。
一品膺垂封，誥隆斗印。福備箕疇，壽七二華甲。晚於壽松，薄海同聲哭大先。
六韜兩部，參班讓禮。帷帳談兵，痛四千里外還依祖，於滿朝涕淚慰元孫。
家中全不惜外聞，而師父台送藍呢幛，字像福倫哀榮。周府台及門丁皆有
藍綾幛。其餘洋布綾疋幛頗多也。十八子知縣云庄，名琦，號丙年，府尹世兄。
庶萁罷也。無用。兄弟以弟之戲言而又每買也。

己酉十一月十八夜弟國潢謹啓

長兄大人禮座。十月初八發信第十二號。云
祖父十月初四去世等事。本月初三發第十四號信。言陳体元錢項。及家中各事。想均可收到。兄十月初四日之信。於昨十二接到。欣悉一切。家中自十月初五起。已過弔客千餘名。簿載甚詳。其送祭幛祭彩奠儀者。另紙抄錄呈 閱。至丈小蠟燭。概以二萬斤計。凡族戚友朋之敬重
祖父也至矣盡矣。感激當何如乎。今年舉人李澤昰。日前來弔即拜客叢簇。承送奠儀元足弍両零。家中打發大錢四千。渠言要兄來百餘千至我家。到京取用。家中起初不允。後想 兄必寄來回家辦喪事。則應承渠意

在京用不約六、七十千。又出京須六、七十千不的銀子。然渠〻
不。以送到我家者為準。將來他選送齋那〻日。弟格外有信
與他交。兄看者。其人不過有鄉氣。而品行心術均極可敬。到京〻時。
求兄照顧。渠途費甚足。另不至於累兄。惟覆試及進場
一切。求指示而已。渠同行者：謝吏谿。仁昆李曉峰。冠林又李
梅生。梅係楊家雖人。名英燦。童生也。現年廿五。自幼失恃。廿
年喪妻。又喪子。僅一孫人。而毫不為境遇所動。少時剛正布及
各紳函成。讀書有成。其品貌清秀〻至。八股亦可。書法亦佳。
畫更工。最講究擇交。現其族人及各相契者湊費。他自己亦
辭不。來京小考。昨日與吳順太周僕大來家作別。明早乃
歸。蓋與弟等相契已八年。與九弟同庚。又同社。渠要見不數
十千與家中。到京零碎取用。家中恕然不允。而他口〻告〻。要〻讓不

來。若真送不來，弟另有信與他。星　兄若不送，不則無信。他大

約八十餘金。路上不帶人，搭用卅餘金。存五十金在京使用。他意

不住會館，云太混雜也。而就館及考試一切，總是靠　兄指教提望

兄大庇之。李澤星之不，若覓得成添梓坪則決不候。止取　兄所

寄之信回。蓋其信可以作保約也。家中辦理一切，　兄皆不必掛念。

堂上四位老人皆清吉。守禮。合宅無恙。辛五偕其二子在家攻讀。

福蓀、素炳業生七人。國九之子。二一之子。曾文八二子。賀之良四一婿。並梁兒。

梁四書已完。大學中庸註、鄉黨註皆熟。字亦有進境。

祖父廿六起上山道場。廿九散。一切皆已辦就。十二月初九發引。大約初八上午

響鼓。下午開祭。客雖擇請，簡之又簡，而來祭者大約五六千[illegible]。

福九早題主。係請歐陽姻伯。已有信與牧雲，即係岱太守之信佈。

父臺之信。因他在永豐，亦要打公館，辦兵差。昨早晴山與老八

歸去。旬七廿日定堅定要我家去吃酒。着六弟同去。師公之信可

面交也。弟月內直無暇。新辦事頗稍通達。而心力未免勞苦。

今夜之信。太不恭敬。伏求

寬大長者。格外見原。外曾廚子鄧星階各一信。求代交。心中

美然。容俟續呈。即問

嫂嫂礼况

弟國藩謹啓

長兄大人侍右三月十五在汴梁發信、交天順差官寄來、想已收到、十六日臨行、陳岱翁派差一名、諭令送弟到樊城、并給其途費、又手持白銀二枚、云我不送程儀、閣下務必多帶數金以備用、弟收一半、計四兩七錢、比在宿朱仙鎮、每夕到店探問各店、不見車輛、祇得命差作伴、僕守車、未免寂寞、至廿日、將到子路閣、韋屬丞現任河南新鄉縣陳系海名桂馥、昭府之兄、南峰乙卯鄉試廣西、同一榜人、名富道、之貴州都閣府任差、於是三人同行、而伴則得矣、雨則不間一日、閣樊城以南、雨過半月、大車直不能行、轎車甚得拉甚難日尚可行二三十里、將到藉河、陳生者契好孫姓河南殿實、弟等車過其村、陳本意往謁、孫將弟與富出茶飯、至其家小住二天、（三月廿二）而淫雨遂虐、在不止、於是請孫派一大車、分送弟等行李、裝載繞道九十里、到[illegible]換鏈、離樊城尚有四站、坐小船四日行、一到樊城換船、今已廿三、尚止行得十里、（陳生為所派之差、此時乃出返彭臨鄉、[illegible]之差同陳弟[illegible]和為保善[illegible]此式千有零）到漢口尚有百餘程、船只向得朱油小河內有冰可行、此處湘鄉船一大幫、皆約由蔡店繞茶十里出港口、竟不到湖、挂每船可省關稅錢六七千不等、弟船亦能相隨、富也在沙陽即已搬陸往常德去矣、陳則直同弟到長沙、

劉葉雲之墓志、家信、歷積、與曷同覆、寄劉因甫信　弟道
安陸時，遣送府署，離河未往廿餘里，聞劉尚在湖北
店，遣船户送漢陽劉宰甫處，併託其轉寄，其船
户仍在洪口，因船也。陳生前月廿六將孫賒錢，翻車在
泥洞裏，狼狽之實在可憐。弟出京以來，雖翻車二次，而竟無
損壞。在樊城下百餘里，淺船一次，頗受驚恐。許到家演
觀音戲一天，遂挺手安。壹不詳，茂候到長沙續寄，即問
長嫂夫人坤安
姪兒
姪女均吉　　四月十三在漢川孫境楓樹嘴寄
又者，弟途遣費五十金，加陳發堂五金，現在到長沙，船價已交清，尚存銀九
金。此後過樊，中間阻雨，度歲包賞錢，又大車多發，遂不知不覺用
去罷。餘金係大車上共花京錢九十弟、

十五日巳刻弟國演又稟

長兄大人侍右：前夕寄就前稟，因昨日尚叙何時遣船戶往迎，及昨晚到慈底，弟查由慈底到漢口下水六十里，漢口上水三十里到沙口。今在船，而由慈底至半油山至沙口，上下水各卅里，中間均須過兩小湖，并聞甚不安靜。陳生郭與弟商，各幫船船戶錢弍串，船戶亦自出二三串，一定由漢口下。今早到漢，劉同甫出差往河南，擬易內齋所寄三侯交其公館矣。謝持泉、孫小辰皆已回湖南，須找舊接轅巡捕熊鶴廬，熊已隨上憲去接劉台，雖有易戔談，瀏陽人，向与弟識，詢知凌荻舟諸位靈柩早已平安過去，以石碑亦由道送到蘭，弟即須往劉右岳

處查明也、須閱賽宮保往西粵、其事未知何如、
大臣出國當如何善處也、潮州不恙即向
安好、
又者、弟鄭船有收手、係候不遠緣十節々經去
賠在家過年、知道另老太爺家一切平安、
常南省所弟々文万經交孫小房者、孫比寄去交
其兄三節、三節要获兄親戚李公領收、获兄之子
不落在要告收、三節即擲來、又被周小蘆全
携去云要除賬、現在不知再清查否、并附呈、

四月廿六夜弟國潢謹啓

長兄大人侍右：前十五日在武昌熊韻廬處發信一函，想已收到。以玉漢陽拯遊府署右巷內娘娘殿對門劉文中四爺家，劉係左甫堂兄弟。石碑二月收到，尚存文中處，弟目見之，毫無破壞，待大水時由小河舟行六十里，載至茉雲家中。兹十六日開船，廿三日太平過洞庭湖，到湘陰，雖專至郭家，筠仙去昭潭，當止半月，意城去寧鄉，饒直臣一人在家，問筠仙止一子，年二歲半，云極穎慧，說媒者甚多，咱不願意。弟說及四姪女，直臣即甚以為然，過湘潭時，若能會晤筠仙，即將此事言妥。廿五日到長沙，招六弟、季弟過河，面見，而此心分外喜躍。九弟過諸陽，即可來省。彭九峯常第一妾母之女，佳極，小虎之屋，光景之甚，莫可名狀，實屬可憐。四維株株之信已到，馬名公遣丁查其人，有代開其殷

歷上進者，而自後亦無消息，本來千把亦無甚益，藉此求仁人惠愛，當
要加意馬各處，嚴獲巡捕，遂已足矣。巡捕一得，不愁無位，縱然無位
亦可度日。此事萬望置之心腹，為禱。盛兄之如夫人既死，而季牧兄目疾
復發，家運竟至於此，現有調鳳陽之信，此地諒不能到任，莫非命也。
可以持躬。盛兄後持臬憲派以歸，現在差遣回鄉，尚是蔣翁之力陳。
堯翁丁內艱，談之最久，索去之書，病已全愈，而應募歸鄉，其已花去三
百餘金，請于告索去我外，將四格投在主事，其母閱之已感激涕零，實
在可憐。嚴仙翁於日乃將前師檢翁案已了結，原姓羊即入禁，而聞
復不聞。復全視手處處實不覆處處，實甚可憐。對弟亦無可如何，只有託信與
弟想甚不至於失蔽。易海青先濟去年我借四金，寄其家。兄已先之
弟出區稟時忘此項，然言而可食，弟願將四金付去也。敬舟靈根

四月廿三夕到省，現已入山，而未葬妥。弟詢孫小石，未晤，轉至凌家，九妹十一妹皆見之。九妹弱而不能有取，十一妹能而現相，不敢手，意欲將衣服銀錢私項，求弟守信。九妹二女已嫁，其一次未許人，一子尚止五歲；十一妹二女皆未許人，其子弟僅一面，未看的確。去冬之銀，止有帶翁所帶二百金，凌家即已收到，確係小董手。弟問此銀尚有餘否，十一妹答應無餘。細詢之，尚買田去六十，此次買地安葬，須五十金之去。年一切用費，全係小芒二辦整的，不能不淨。欺弟尚要說小芒不好處，謂李石樵先生已帶百金。此項二百金，即除去尚買價、葬費百已十金之所餘一百外，斷不至於用盡。細看情息，獲〻子與小芒必有私相授受之事。此瞞九妹明另不能會得，小石再詳告也。凌氏兩家同居，柴米油外房錢等大中，其餘使用各自各。兩人〻皆痛恨瀛台，恨入骨髓，此生不可解矣。西垣已來京，有

寄其信稿、蘇、仍付來、六弟季弟在書院、弟輩輕易不過問，但嘗
不能往看功課也、弟出京時有行李一無損失、轎車猶復原樣、
餘俟續寄即問
長嫂夫人坤安

姪兒姪女均好　廿六夜書於長沙舟次

奎年伯形相如瘧伯母出門迄泥未得見竹虔甫有信回現住
有恆年伯均致意道謝

希國濱教授

長兄大人侍右、四月廿六在岩發信、想已收到、次早晤孫小石、美明不露、信實人也、常二百、易一百、儲五千、皆收到、其二百已蘇周小蘆手、所存止一百五、以三百五扣算、九嫂當占百四十二、希璽孫止補十二、與十一嫂、一百四十金歸九嫂、此後兩家各常住一堆、柴米油什、煤火房租、各出一半、若分居、則並毋屬義也、而九嫂已有百四、將來全數寄回、當有分項、亦可以儉樸度日、全靠嬸君、叔母子、係其內姪、宜甚歸同吃、九嫂止有小石可倚、此後罗六三说、已成律令、不必挂念、廿七在抵湘潭、晤蒻仙、容色如旧、惟两目稍有不适、至小岑家、来晤、华扇信件已妥交矣、蒻仙云、墓春总是楚湮、在深园佳蔚仙翁处、并不重毡、精神甚好、（定要追眠兄去）谈個半时、毫无倦色、可保限也、廿八在到县、至此时本始说出、正月初五在樊城下百五里地名芽洲、被沙浅船、搁已到至二鼓、无寿无不活、连歪两次、到在深、一歪则成沙洲、一歪则数丈深潭、几乎危殆、叩头敬神许愿、幸保平安、而自受惊之后、每闻船则心跳、此后不大想出山矣、本在郢朱（谒）

辛苦勤於畦畝、儉於衣食、實堪欽敬、奇哉奇哉、賢慶季弟、拔城
內人云、國各鄉因官好、願捐以賠墊前任虧欠萬六千之數、
此後將正餉南漕議一定章程、准親徵親解、朱公接
父親到城一次、已會同各紳議正餉價、通縣每正銀一兩、完納
銀二兩二錢零分、糧外加票銀、大戶中戶小戶不一、以一兩為止、
父親至節後、必又來城、朱公一見弟、談及此事、云老伯如此勞
心費力、實在不安、早御台端、真如望岸、而弟未得詳細、未
敢多言、惟弟聞此事係竟師鼓舞、

父親到時、止向衆開口、原不足服人心、細思之、事體竟不容易、如
萬一有不諧之處、則見笑並辦、所幸
父親來城因朱云兩次手稟夾信請來的、想必陰地有分手
話來到家方知之耳　江岷兄船過江口、被大水打爛、行李
打濕、並被漁船搶去、花了四十千贖來、鄧太九不服、將船戶
送在永州府、受重刑、又云岷兄不在船上、止有一官親來去、不
贖行李、大約有此影子、未得其詳耳、由良鄉寄信之說、朱
出已堅許、理　兄辦理、五舅在和形色如常、惟須白

乎。其妻弄急生子之信。十舅母去年已死。光景亦甚苦。今年黃道炳坐陳瀆，判庫漢坐東皋。羅芸皋在湘潭閱卷一次，其人體色大不好。黃正齋之子，直孫皆云不好。兄四月初三之信，弟已見矣。至羅倉積谷之說，待彈窯再有回信。前信言之。彭九峯事，於兄心。鄧靜六弟(家)事，已與羅八麻子商量，約人幫錢。唐梅夫易湖青孫個四孫，皆已要了。兄信云，時時念弟，弟亦急(相)不嘗見。兄宅內初五伐樹，初四夢見在三姑書房，一徑由窗前進上房，何其捷。(直)遜知夢係反的。次日以大河

中六行不通、弟在寶保定之信、係交李竹屋轉交賀老

二者、頃家中夫來、知

堂上老人皆康健、

父親已上永市過節乃歸、九弟有一片信、病已全

愈、其餘合家皆好、兄不必懸念、

五月初一夜書於湘鄉縣城

五月初八本國潢敬啓

長兄大人侍右、月朔在縣發信一封、未知已收到否、本於初三日到家、隨懿亞豐居來謁、渠以四月廿五還里、本先啓行、後到家、頗有媿色、懿所挪廿金、定要限至冬月云、懿不至於荒唐、家中已允、

父親是日之晡由縣邑歸、精神百倍、興致勃勃、現在燈時並不須如往日之少睡、邑中鈔糧、費力勞神、以極甚、而為邑民造福實不小、自朱父台請

父親與各紳議價之後、設委底承縣城三局收徵、止收

三十年上下忙與元年上忙豁免之後、價錢又極便宜、每日
局中來完者蜂集、即向來極刁頑抗戶、近日各族房長、亦想
方設計為之完納、而朱父台府檯萬六千餘准歸其、四鄉富戶、
靡不樂捐墊賠、
父親前日在承邊、兩日之中、竟有捐項錢貳千餘串、此等錢項、
皆係各人親交官手、噫、百姓實良、總要治之者得其人耳、
父親數日內即須出城、一則從前已約通縣紳士、本月十五在縣公
會、計將正餉糧清、即議南漕、一則朱父台時來稟催、商此

件、議彼件、無非至誠至正公心實配（配）係民之父母、有不忍不幫辦

者、此事朱堯卿、劉雲旦趙玉班、劉月樵先生、賀石農皆是

有百分功勞者、此外樂於從事、一片實心從中打旗把（音同霸）者、尚不勝（可）

數、湘鄉之福也、樂哉樂哉、雅閣新藩同椿公有不足未別子之語、

恐調動太早、將來南漕難於費力、止留到臘月、則全獲矣、

母親身體強健、凡往日所有之細細微微恙、近皆除去、家中用政無

毫髮之不親者、

兩老人來京之說、已十有九不來矣、

叔父精神甚好，因弟回家，常有
御賜衣及荷包等件，借此紅頂朝珠，非常之喜。家中耕田事，及本
境零星閒事，皆一身任之。
叔母體氣如舊，不輕易出外，西來，惟聞有不清白處，亦不過細說一二
句而已。九弟四月廿日以後，即理家中瑣務，現在體氣亦已復元，而
下長沙與石下長沙，待六七月方可定事。諸姊婦輪當茶値，如
常、季姊婦二月已歸寧。五十女兒極高而大，弟止在館耳，即有
嫁女事件矣。渫兒氣象太陰，弟出門後，渠讀詩經二本，尚

經二年、頗能背、渠更非常之浮躁、其餘各姪兒姪女、皆清吉、
添祥姊合家平安、惟兄弟不和睦、為可慮耳、二伯祖母若加康
健去年　兄所寄之兩女衣、皆織成之、至八妹去年寄錢竟將
至百千、今年病已三月餘、我須全用去、現雖未退燒、睡決不至
有大事、寬五三兩家皆日見興隆、任弟五妹家事、不添不減
厚一家極苦、必須設法周濟、名猶藉家務亦不見鬆
活、本房已嫁之三妹各付錢一串、五滿千媳、亦得寄錢一串、
劉一今年係做零工、而自元旦起、得來久閒

叔父

常以好善遠之、時亦常有賞錢一串、國九現皆說話、而不甚清白、

大姊去年二月殁其四子、王公招憂之甚、其長子次子皆已室觀、閣均

有錢來下室、渠自家又耕田八畝、辛五有三顆（影）計做紅茶、現尚在湘潭、

閣名須彭錢七八千、曾閣有赴考之說、此人已不可救藥矣、其三子

已定親、朱良七弟兄家、去年尚未完餉、兩年之買田、止知有利

並不知有兄弟父子矣、可笑也哉、家中代族中貸人完餉去錢將至

十千、此等錢頃刻不能不代、其中可收到者亦多、歐陽牧雲、今年

在家告病、凌雲尚閒居行、前遣劉僕至其家、知其合家平安、弟

容日乃往謁、渠三近常在衡郡當掾佐、其前半皆好、軒二叁頗齋家叔於菜味竟好、已要親、與彭拜一為姊夫、鄧六爺去世、家中送奠儀錢六千、五老安死妻、其三幼女、二幼子可憐、家中送奠敬錢八百、家中用項、雖挪移人家的不少、現尚存谷將一百、惟價錢止一千五百、又不行、又存色皮紙百八十塊在湘潭、惟現至價錢、每塊止可賣錢九百零耳、 兄云今年共寄二百五四家、我縣進京者及捐功名者、總可以免、不必竟寄銀兩、社倉之說、目前決不能行、鄉間要借者太多、幾十石谷、不能動手、有不當借而來

借者、有借去本可以還、而必要費盡心力、乃還來者、有借去竟不能還
者、即使一升利谷不要、也無可如何、人心不古、暫毋庸議、兄前云看大
勢是荒年、家中費二十石、甚是實惠及人、將來敢謹遵行、兄到
家、每日來探問者、不下五六十人、應酬頗繁、朱老師及各紳士追
去永市、料理公事、亦必須去、下鄉畫兩佃戶、皆不甚好、秋間兄
準往住、家中與王頌十已有權限、兄當中調停也、即請
長嫂夫人坤安、　　姪兒 婦女 均吉、餘俟續寄、
又老蘇杆子來由信封內寄來者因信到家時業辦不出待秋後乃寄來其餘
茶葉撤穀錢福建鎖十把須上菜刀消已預備容即寄來也

溫洪兩弟侍者：趙陛到家有目疾，所以遲久乃遣〻行。家中事件概詳京信中。茲來自鳴鐘，望即日收拾付回。又來畫竹三付，對聯一付，小白条六塊，白横聯一塊，横聯草書一塊，黃金紙楷書四塊，附書紙楷書四塊。又團扇十二塊，請作四幅，聯寬不妨。以上各件皆要請續送。餘俟續寄。

五月初九兄國潢手書

又紅紙直条一塊，要請易趙七對聯望送。發後無多太貴，則請簡速亦好。

五月廿三柏弟國濱謹稟

長兄大人侍右、前初九日發信一函、想可達到、初十送尉秀回賀家、兄所賜者、弟亦與少許、已合作六千代借出矣、其家可貳百餘田、只有帳務尚未查出多少、惟閱只得嚴清白、且兄弟極和睦、目前可保家務、其夫居季、為第四子、讀書等不能成、父母看得太驕嬌、又云有發潮熱毛病、下力亦不能、所可恃者、能寫字、又極善算、將來再想方法、十一日玉文吉望、擇六節形觀如舊、擇出娘則老極、四子皆不佳嫁此屋、兄所送各件、千情萬謝、十二日

父親命往雨壘辦理公事、十六里還正餉者、日必千餘人、大戶張梁者、向
來還得本輕斂照今例不過略減中戶小戶、則止有往年之半、此
事頗底有功於一縣、惟辦清正餉、接辦南漕等指項、催花戶實非易
易也、而
父親受朱父台府託、已出手幫辦、而何敢不奔走、堯師欲以女許紀渠晚、大
約已當并云震兄託伊數次、次而以弟許趙家之女許其子、而想是
因愛兄而兼賞識弟、弟對而面言未敢如何答應、而前云以四姪女許
與兄之子、弟兄云丁酉年即與震兄有約、但其夫人甚不願、弟與震

兄處不成則定求仰樵、蔣蔡二家之項、家中去年共止完得千六
百串、兄今年若店寄銀二百、到明年、兄或賍寄、家中略湊、
齊得結全數、弟二十一到家、二十二日解題
曾祖父母大人神主請本房客共六席、適牧雲兄來、伊家老幼平安、
其弟紙行已散、名為撣伙、實則擣矣、不知損錢幾多、牧兄之
夫人將分娩、與弟出談家語、即歸去、二十二夜六弟在省遣彭四歸、
接信一看、是如此奇之怪之、此我家之大不幸也、將如之何、明早
叔父晉省止之、兹將六弟呈

父母一信、寄弟等一信、季弟明寄弟等一信、陰寄弟等一信又

父親示六弟信稿、謹呈上、祈細 閱焉、此信係命趙四陰謹陳家呈

上者、望 留心三思為禱、餘俟續寄、即請

長嫂夫人坤安、

姪兒女均吉

家中老幼清吉不必懸念

湜甫老弟侍者。別已久矣。殊深思慕。兄到家後。頌悉

晤月浣弟已定計考遺。大約本月初乃起身。弟之監照

二紙文書二套。托許蔡浦帶去。想已收到。前弟遠

彭四輝。意欲納寵。時兄亦不以為然。因鄉試在即也。今日

彭輝。叔父尚在縣讀弟寄書。知弟心有恨事。兄甚為

弟原之。但此時

叔父大人特地往省一次。弟亦不能不遂。已待鄉試。弟俸來。

已聞湖有一好女子

兄與弟講焉。往各鄉界走數天。看有合弟式者。

即行之。如不能合式，仍晉省辦理。兄此後知照。弟之責最重任。弟要如何辦理，兄即如何效奔走，斷不得稍懈。弟意至若銀錢細事，兄自當料理，更不必勞弟繫念。

父母親大人前望代為致意。弟萬不可多心，讀書以孝弟為本。弟近因精明，兄亦不必多瀆。餘俟續寄。

六月十二日戌刻兄國賢手具

堂上大人均康健，家中一切事件及辦左光八巨賊事，問彭四悉知。

第壹

八月十七接到

弟國潢敬啓

長兄大人侍右、五月廿三寄來一信、想已收到、

叔父五月廿四晉省、月之十四到家、

父親月之初十一解匪賊五名晉縣、亦於十四到家、

兩老人在道上平安之至、六弟前有意在省娶妾、現已定

計在鄉看娶、已待鄉試歸來、方行辦理、

堂上老人均康健之至、大小眷口皆清吉、屋內人俱無恙、楚

善八叔雖尚未全復元、可無慮矣、東陽叔祖五月初二

生一孫大小平順。昨十二日接　兄五月十四之信（抄報未封固）、摺稿一紙，並不戇直、不過事勢太真、當今之世、為事不將就、俾出一認真行事者、人即認為戇直、而弟讀全摺、不覺叩頭佩服。曹西垣兄陳岱兄李子彥各信、均收到、弟在京年餘、見　兄待各友固厚、而各友待弟亦甚不薄、刻之在心不能忘也、先想到家即遍寫信酬謝、乃知一入家門即為邑中催錢糧辦捐項事、宜要佐

父親辦理、時而赴城、時而永豐、幾無停車之日、近又為大

盜案、大盜案者、八都左光八、窩藏各鄉各縣賊徒、常有百餘人聚伙會、若八都廿三四當都害得三十年、此等云賊、直可稱會匪、往〻竊去人家物件、不怕即跟去、目見其物、不敢言、爲有幾多追其家者、反受凌辱、因來若輩遇強者則窃、遇弱者則劫、各處有齊六七百人主意須捉獲究辦者、總是受侑而歸、自猜擒司道而下、均案集如林、未有能治之者、昨初九日廿四都安良公上各紳、耆、爲催粮事酌議、談及左光八之可恨、每家

被窃、捕至其家、見賍、不敢言、共議律耆甲去轎十
五乘往彼理論、要挪請保甲與左家房戶首、欲禁止
他不許窃廿四都、各轎者在謝厝、擁左家里許、渠竟
多人執凶器、禦王、地方人亦不敢言、坐轎者、欲進園不敢、
即安心進園、知渠亦尾其後、因進攻搶是家求借謝祠
藏匿、飛信歸來、通都不服、是夜欲往者可二千人、
父親適在南竹觀為催還糧事、歸命弟趕往、初十日
廿三四兩都、共有數千人、捉賊五名、并擄其凶器來、

父親是日即寫信告知朱丈台、囬信云、需要燬其巢穴、
父親十一日即親往剿、百餘人護送、[illegible]朱丈台處差
役多人、擒至山中、到縣即將各賊重刑收押、現今廿
三
四都、已合議湊錢提七大賊、弟抄呈案稿并
詳細寫來者、不過這有件此事、并無他意、弟今夕往汪
歸後尚未去
家、常摺稿去、一二月內、為捐項事、大約家居日少、即同
長嫂夫人坤吉、餘俟續呈、
弟在京蟄居樓、王雯均璧子彥道喜
姪沈女均好
六月十六日國濱手呈

温甫季洪老弟侍者彭四想已到省十五在樓 季弟
初八之信得悉一切邑中公事既有
父親及通縣紳耆辦理自有頭緒以後望 季弟不必
掛念此时正當考試應酬甚繁又值炎天 兩弟宜少
渡河保養身體待鄉試歷戰也家律
堂上老人皆康健九弟廿四日裝新印起身來省 兄月
內為摘項事大約家居日少 餘俟續寄
京信及粜稿望閱畢付去
六月十六日午刻兄國潢手草

七月初九弟國潢謹啓

長兄大人侍右，六月十六寄呈一書，想已收到，弟於十八日
出外，由各都轉永豐，於七月初四到縣，適接家信，知
母親大人初三夜頭暈，係體虛所致，弟初六到家時
母親已服補藥二帖，一概全愈矣，
父親現尚在城，為辦理南漕章程，大約十一二可到家，
父親今年之精神，比往年更健，無論多少事件，皆可
總而理之，

叔父理家務、不厭煩瑣、身體甚健

叔母體氣如舊、其餘大小平安、惟五十女兒鍾近來齒痛、每發必疾呼、當徐徐理之也、 先六月初一之信、報本謝摺均收到、勿念、

恩署刑左部郎來、已捐辦四千二百兩去、王待聘近來益加蓋屋、大姊二姊、搭放水等事、不免有隙、我縣南漕、通邑公議每米一石、下十八里的、幫下帮米嗽耐十、上十三里中十六里、每石幫錢千、小戶完納者、頗稱便宜、前廿三四

郝辦巨盜左光八、雖捉其黨賊五個、昨又捉二个、而光八搃未捉到、此事未出賞認真辦理、鄉間谷價以千五百个、夏不形荒歉、田間誰有欠收者、亦無倚也、草草數語、殊屬不恭、伏乞

心照即問

長嫂夫人坤安

姪兒女均吉

國漢謹啓

又者王閣娘近來有衣食、因去夏出其媳餘財也

八月十八在弟國潢謹啟

長兄大人侍右、七月二十日、曾寄一函、中言歐陽家事件甚詳、並厨子實係好人、求告知長投、其信想已收到、八月初二、接兄七夕第八號來信、欣慰一切、其信由何少雲（樹年）並有第十一者、何至湘鄉、專函約弟至縣一會、適朱父台有飛信接父親大人初三去縣（弟即未往）、朱父台因送程制台過縣父親謁制台、談及留朱父台、與邑中錢糧、并會匪事、言論甚愜制

台謂留朱不必具稟、尤足之法政、既能如是合民心、小姪可保其三與

年不調動、前聞貴邑生童、在省城具公稟留朱、雖於例不符、

而院已具稟、亦無大碍、照無不會、而會未必准照、小姪將來可以此上

語具奏、則敝邑辦會照、不至顧忌受分矣、錢粮事既蒙幫辦、

尚要拜託、并於精告各紳、請竭力辦理云云、

父親謂程、朱求往也、何必去因欲還梁姬尊老師之銀、已交紋銀

貳伯兩、係消平、

父親去承壹、以銀易鈔、還蔣蔡共貳伯四十千、清舖賬將五十

十、現存錢六十餘千、常回銀廿七兩、銀價可謂高矣。前何宅
兄一信、明知其手稟可以不還、并大信封皆未付來、又何宅梁一信、
因太厚、則拆開付來也。今冬公車來京者、再兌周五十兩、作送族戚
之費、或多兌一二十兩、亦未可知、蓋為
祖父做佛會、又欲搬家等事、順須錢用、然稍可以不兌則斷不敢妄勸、
倘溫沅季三弟有中舉者、則又別有一番布置、臨事陳明可也。
父親昨十三日由蘭軒家得一人獨捐之說、斷手不能、大約止可以
千串、秋後為捐項、尚須募勉布得山後、李子彥曹西垣兄皆兩

無恙、其餘如嚴袁周賀、兩黃兩夏、及光蜀鏡鯉諸公、皆視弟至厚者、而
弟因家中零星事件、及地境并邑中事、糾纏此身、竟一書未次、
一書未寄、可謂薄情已極、　老兄責我、或者便中可以道及鄙
意、則不勝叩禱之至、現今
堂上四位老人、皆康健之至、惟
叔母大人、日內下壳上生一小毒、亦不大礙、其餘大小平安、各親戚家
如舊、楚善八叔之病、至今未能全愈、渠家甚清苦、我家送
錢穀藥味及零碎物件、頗多、且全家無德色無怨意、

憾亦保其不絕而已，添梓坪兄弟甚不和睦，今春必分居，家中今年田禾較往常豐年，尚出谷十餘挑，氣運使之然也，江行九舅弟之孫女，許沅弟之子，叔父為媒人，訂重陽前一日下定，明年延師，現尚未定，大約福蒼先生不得再留矣，劉霞仙見沅弟以女許其子，父親因其地境不好，或不得成，竟師以女許弟之子，堂上皆已允矣，餘俟續呈

兄之癬疾，現已全愈，然尚宜求服藥，保其不再發為要，

國潢謹稟即問

長嫂夫人坤安　姪兒姪女均好

閏月初六午刻弟國潢謹稟

長兄大人侍右、八月十九寄呈一書、內言何少壺耐年因出差回南、在

永丰交銀弍百兩與

父親手、何去年在京、借梁矩亭先生銀二百兩、今求　兄將此項完

梁矩翁、何有寄梁一信寄　兄一信、想已收到、廿三日三弟澤來、惟

六弟出頭塲稿、妥當之至、九二兩弟未呈稿、亦要帖完塲也、廿七日弟侍

父親往永丰、酌議公事、初一日隨侍轉到縣城、連瀆府院經首報

滿、各紳士稟舉弟接手、同沈鎬亭陳姓三人、弟已具辭稟、批著

合邑紳士酌議定後、捐紳士之家、又必算來、勢難實在稱不服、止好不提

數目、不管事而已、現修節孝祠、又將興工、亦須經營、閱而費楊、現

為無信、諸弟大約無望矣、然六弟不能中、必要在鄉間要妻、此

堂上老人從前爸存者也、昨看地觀墻、俾來、皮氣大好、如再發瘧痛、

父親亦有主意在心、謂兮於也 兄不必掛念、王弟五六年所做之事、更

進一境、前在湘潭邑邇和息、謂請鶴仙與嘉桂山講的假鶴桂

名在鄉屢作騙人、領來不卅千、又利受邑完餉、領來廿餘千（其親家龍三弟秋鎮之子）

又同人做紅茶、虧本十餘千、此皆近日查出者、而地已有兩月

未到我家來、并輕易不見我家人的面、可謂荒唐絕倫者也、
父親在城、尚有數天、我恐國諸弟未中人、大發牢騷、即須回家、家中
老人皆康健、兄不必掛心、欲候續呈、即問
長姨夫人坤安、 姪兒姪女均好
永豐十六都漕米、今冬在永完納、迄南折歸北耳、
朱堯師在孫儒華致意道候

國潢又啟、以寒諦聞雲者、現守九面閑滄丈與丹翁、常常出入、惟丹翁
尤甚、蓋丹有實事、弟稔閱者、又丹曾詢往謁、如何稱謂、弟阻之、未赴、
丹所幫之件、其人係大根徒也、羅芸皋之為人、向為　兄所重、弟等亦
敬之、今年邑中紳耆、酌議糧餉、原是憐惜小民、而（上半年）從前收正餉、小民
實在受惠、特是糧戶、則不免有損、而自三月以起、紳士費處如許
之力、惟糧料則芸皋一人執拗、此時猶與朱父台商量、而妥不妥尚
須籌畫也、李瀚章現署安化、聞劉元里即將去求、以小門生親戚
進身、則本係君子也、茲特告
閱、　兄或寄信以實、函羅之為

人、待會試時、聞趙玉班賀石農諸人、便知直可以不理會、滿章慶、或
請省山兄寄一書、兩處之書、皆不過是不必酬人假名請託而已、未知
以為然否、

弟國濱謹稟　　十月初十夜燈

長兄大人侍右、閏月初五在縣寄呈一信、想已收到、後十三日、父親由縣城歸、云與羅山兄面訂、賀耦夫之女、一定許紀澤娵、并訂十月初間、父親率弟晋省下定、比和稟告下定之時、止可遣丁攜銀數兩下省、將紀澤娵紅庚帶去、一切託羅山兄代辦、使者隨帶庚書回家、祝告　祖宗、佛親自大省一則男家往女家下定、似于不必、二則男家、若在省城盡男家之禮、來往途費、酒席費、禮物

費、為數得不少矣、
父親以為從蘇特壺告羅山兄、云十月初二三遣丁往省一切從渠
辦理、如十月使者不出、則在冬間、或春初不是
父親往省郎弟堅稱有一人來也、未知 兄以為何如、昨廿一日、
父親又往永豐邑中公事、現在大局已定、而今冬邦僱南漕、必要
到冬臘月乃可了事、至明年、依樣葫蘆、即甚易矣、
祖考趕佛會、已定十月初二、初六日散、一切事皆已辦、有大樣、現今
堂上老人、均極康健、其餘大小清吉、各親戚家均好、坐養八材病

雖未會，而今冬總可保其無虞。牧雲兄已補廪，王國九冬月一定
搬過來，[illegible]宅、卅畝田，盡行自己耕作，溫弟娶妻，大半要在鄉行事。
堂上老人之前已略言及，而今冬與明春尚未定也。弟已着人在下腰裡
整田，共作卅畝，而搬伏上去，要待十一月。一切俱要辦一套，亦非
易事，而弟心中打算，總不出五千（牛在內），總外從省。弟所能備。季弟
在下腰裏，或甲五讀書，不收外人，除去請先生一節，又省事之一
法也。季弟現今為人大可佩服，第一在書房坐心極好，所看之書
均是近思錄一類，每日日記簿，總是[illegible]端楷，而且甚長，趣濃

最早、不常做文章、不大想科名、父母兄長之前、常有
恭敬的樣子、敬告我 兄、意何如、即問
長姊夫人坤安、順賀 紀澤姪大喜、得此岳母、凡事皆以大
道理出之、不拘女人中不能有、即大丈夫亦不多有也、其子今
年賣挾帶在一件、此母知之、大為發頓、臨場鬧於飯內、不准人
闈、謂決不得中、即中亦非應有者、豈不玷爾父聲名、希閱此
事、不勝心悅誠服之至、 紀鴻及各姪女均好
閏月廿八日呈

九月初二夜弟國潢謹啓

長兄大人侍右，閏月廿八日弟因欲外出，有數日不得歸，寫一信將諸事備，無便人，是以擱住，昨夕乃畢，六日隨父親在白沍觀辦理公事，餓至日晡乃吃飯，燈後歸家，接兄八月十九之信，兄八月十二之信閏月初七已收到，弟到家時，客甚多，送客去後即攜架勢寫信，忽聞田隴中多人驚呼，知鹿桐坨上邊大燒山，甚大，數十人前往打火，歸已三更後矣，今日接兄之信，所言皆思深慮遠，周密之至，然辦理不可過激之語，似乎不應出諸一二品大員前任粵西封疆者、養癰貽患、今已有明驗矣、邑尊之實授與否、原無能主持之者、而邑中人所求、亦止今年、想定規一年、此後自不能安動矣、至於捐墊之說、不是幾人之意、且此當家不敢、若不捐墊、錢糧常不能再作定價、何也、惟有虧欠、總是取之戶糧房、戶糧房則取諸鄉裏人、假此供為名、其詐索有非尋常者、如正館山和、竟有完到八九年者、今年朱公與合邑紳士裁減、總是三年上下、其中止分大小戶、相差亦止在稟示也、往年以來、有完至以兩五六分者、今此則三千零、此限定局、總不出八百、雖上里較下里稍少、亦謂路太遠也、以後作好、

則更妙矣、第一官不好、鄉間紳士必不倡之、徒究羅欲加矣、亦必不能、蓋官不
能常好、而一縣紳士、可決其常有好人也、左光八止是大盜、不許會匪、昔七
月間、湘鄉四十都、㩁會匪擄良民、一連八九家、李信九報賍銀三千餘兩、
其媳婦女霞仙之妹被燒藥傷、僅一孫、霞仙外甥被燒藥燒死、朱公比即會
同紳士劉大齡、唐斗南等、帶鄉勇往辦、共拏十九名解縣、其頭目王祥
二、奚山親素兄雖聰一等、未獲、昨朱公親往廿五都去拿、被鳥鎗飛一粒
沙子在鼻梁上、（此即用藥拔出）朱公雖止帶數十人、愈加前往、其地鄰、保甲、都正、
無可如何、止得帮辦、次日點齊人將二千、共拏十餘人、頃送京信

來者，云在山東遇官解犯人回署，據氣々云，山東街上放喜炮，打旗
傘，叩頭接官者不知凡幾，此大是太平氣象，可為通邑賀。覩今各郡
各縣，皆遵程制，生十家聯結，練團練族，是極好事，上頭一歲，各州縣
更不敢不嚴也。兄慮他官來，怕照樣要鄉裏幫費，甚有想畏，但從
前之弊，是夜與吏交欠，此後糧餉有定價，又权柄全歸之官，花々户
無不完者，除脫糧餉無欠，與鄉間何相干涉，此等話頭，惟弟一人之言，
通邑皆如此云々，不知有當兄之意否，統希
心照，荅禱。
初二夜四更呈

九月十四弟國潢謹啓

長兄大人侍右，月初接 兄閏月之信，知一切平安，弟前奉函言賀藕文女許紀澤姪事，想已收到，現在訂送係賀家擇期，準是正月之內，我家應如何辦理，求 兄即寫信回，父親本月初九到縣，辦理公事，計十九可歸去，弟於初六日上永豐，指密拿巨賊，又帶朱蘭軒九十四等，父親之委，弟十三到縣，左光八業已在永豐署內拿獲，同分司解送縣署，數日即點籠點死，大快人心，朱父台辦卅五都與四十都會匪、劉霞仙、朱溪山及各紳士竭力幫辦、頭目熊鴻大、王祥二、又有六月六、李紅毛四、及胡姓唷已拿獲、而朱公苦況、言之當淚下、被四十都熊姓會匪焉燒傷鼻、溪山竟至伏地叩頭、叫熊姓不要打燒、朱公謂一柱子毋傷、猜各紳繞鄉勇前進、膽量如此、故所有頭目、一概拿獲、此湘鄉一大轉機也、樂哉樂哉、朱公致意請安、謂他在湘鄉捨身為良民、摒要辦箇妥當、　兄可放心、今年北闈、何楚南之多材也、只憐雨蒼不中舉、又

丁母艱、渠閣补出京、又將累　兄矣、然亦不能不周旋者、

弟搬家已有大勢、一切皆從得就、經費竟難不脫、現止

眷庶掛衙、沈靄亭理事、季弟信雖迂拘、而看得頗不

厭、且詳細、餘俟續呈、即問

長姊夫人坤安、　姪女沈娟吉　廿日書於縣城寓次

誥軸已發下、今冬可付到家否

弟國潢謹啓

長兄大人侍右、九月十四、弟在縣發信一封、內有

父親信一片、想已收到、越五日、

父親歸家、命弟經理公事、廿六月弟耩、承鳳賀恒盛典、寫壽

屏、寫作皆借　兄銜、文係堯階先生手筆、金箋紙十二幅、五色

錦、邊洋紅字、書法頗得意、因去年在京、　兄托盤內有二支并

一支的筆、弟帶來一支、非常之好寫也、弟初一到家、初二日當

祖父起佛會、和尚廿名、初四日共客九十四席、用香信洋菜海帶、

仙米谷菜、初五日卅弍席、初六卅七席、親戚所送之資、合家中
四百、共資山千八百零、金銀山山万五十幾座、金銀箱八十餘只、
外面所未識敬、大約罕千、弟初一枉勞家情不肯受通屋
老輩後輩、不以弟為孩、實在無可如何、初七日開葬處、弟請到
衆盡力作、每人一碗飯、一碗菜、外叢米山箱、共止弍百餘人、算是頗
德而去、並挑山前到我家、其父本月十三出殯、跪求點主、
父親初八日起程、大約十九廿準可到家、此次家中喜事、全是季弟一人
經手、有條有理、又省儉、其可愛竟不能以言語形容、尚為　孝兒

道大喜、季弟寧紀梁、冬月在書房讀書、并參外附、大約十二月初
四弟婦乃可偕大女移居、弟則十一月初、定須搬去也、家中今年用
費刻下尚不能核算、容再報明、前八月在何少麥處兌銀貳百
兩、弟已兩信告知、但未得覆書耳、何溎川澤洪少麥胞弟今科
得元要向弟兌貳百千、弟決不允、後請定要兌一百六十千、弟
已當面答應、待伊來時、再當奉送其一百千、送各親戚族人、其
六十千、則家中多擾了、明知　兄今年光景止可兌一百千、實
在何溎川言太堅、即藉此多六十千、但他處斷手不答

應一文矣　兄放心、六弟今年闈內之批、語涉浮泛、九弟薦批、
樸實醇茂、二三酣足、主考批不甚出色、湘御共薦十五人、季弟
之批、文氣恬靜、惜後幅轉弱、弟領卷時、托請朱堯師細閱、
云批皆不錯、唐概未領　兄所寄賻儀四金、其回信付來呈
閱、三姪下定、賀家已擇期明年二月廿一日、羅山先來、云定要
自己預期去一人、兩家商量辦事、應如何辦理、亦　兄言
信為理、非然者、議論甚多、而難於妥當、現在
堂上老人、皆康健如常、其餘大小平安、九弟九月之季、受病數天、

業已全愈、九弟近來身體虛弱、勞苦則病、九姊婦有喜、閏明年二三月可生、楚善八妹、九月十四去世、葬曾祖父坟側、備（脩）其棺、家中為八妹之病、不顧、於石藥味、共用去十餘千、昨沒裝身衣褲襪子、皆是我家撥去的、又用小五千、而二伯祖母、雖哭六道及白楊坪如何好、（父）妹之意、以叢山堂屋宇園塘、并十肩谷田、抵當與寬三、二伯祖母、四嬸七嬸輪供、八妹一股、每年亦要派出、四嬸七嬸皆云實要接阿母過來、將一妹子今冬即嫁往彭家去、其二子食做工無他事、

而厚四々不落實、不徑閑、可稱族內第一人、止好從容調停、
祖父做道場、各情皆不出奇、惟彭宮五送白螺車一輛、實為新奇、彭公在我家將車樣看得細心、居然做得可以、頗有聰明、亦非久到城、一為接經管、接手々後、除大事外、一點不管、沈藹亭答應一概經理、二為永風十六里莊戶來上漕米、租穀章程、必須與管也、餘俟續寄、

長嫂夫人坤安

姪兒
姪女 均吉

三姪愛道喜

辛亥十月十一夜書於縣城旅次

十月十二日午刻弟國潢謹稟

長兄大人侍右 弟十月十三在城發信想已收到、後廿二日、

父親到和、弟則於廿六陪、廿七復上永風往賀家吃壽

酒、初三午正乃歸、了

母親大人壽、初四即在腰裏整屋、初九子時廷大一切

事皆從省儉、而所辦各物、据星大嫂主論 弟照

大嫂、煙酒均戒、訂隔兩日下來問

堂上大人安、季弟十二日即上去起一學生的館、些

結相安、　湿弟明日送
妹妹母下城吃羅家喜酒、謝三爺吉席　弟特羅星序紙、
兄與賀家結姻斷和不可二說
父親有信與弟者、亦付來、　兄閱之、遞不至夢他說也、
華華具呈印閣
長嫂夫人坤安、　姪女兒娟吉
湿弟近日穿讀頗多、兄寫信告他、求多說去年議、不必
定以老生常談也、讚又昭

十二月初七在布國潢敬稟

長兄大人侍右、本十一月十三在家中奉幸華諭、函已收到賀家

姻事 兄必要成方不負

父親大人懸懃之意 兄往年常之寫信求

堂上作主、今既說定、兄寫不依因此

父親善辭事對人且賀家實不能精顏也該 兄酌之、今年我和

鋤糧出現已辦妥小戶則憂愁大戶此後亦極占便宜而

父親之勞心勞力、實不能以言語形容者所幸應辦無精神

兒子之福實一邑之本也何淺川澤洪已送外百四千、弟書亦行

交渠面呈　兒者、送各親戚之項不紫　兒挂念、此外本當

還帳而今年家中一切用項毋論辦公辦私概係　老兒

四本所須實在不少、如弟來腰裏、前信云合買牛止須五

十千、將來結局必今有零、所耕三十畝近個去式百千是

借王姓的、每年息谷六十石、如此等類毋非錢隨身走

父親今年、真是一文不受孔子曰及其老也戒之在得

父親近日、看得利字奇戒之淺哉　兒前生不知何修而得此、

却是由京帶來、總止隨
父親辦禮面事、并不計較為何物、這般自問 兄之成訓要
緊者、實能體貼也、惟是今年家中用費、頗不甚鬆活、蔣
蔡二家、頭息尚少、罷百零、今日朱堯師信來、云他二家、皆已
買田、其錢、大約要帶整云云、待
父親十二三回家、却即須往永商酌也、
父親前在挑山家點主、適六歲 兄去年報其母節孝之情、堅
送敬外廿元、又有送千元者、而挑山雅云年終未來領、并不

是年實在事件太多，用費太繁耳。加以合家之人，近日不如往日之合心，其中曲折，亦難枚舉。弟自十月四日來，腰裏整頓收拾，初九日搬大，輒後未嘗在外宿一夜，未有起來即天曙者，煙與酒已戒去，每日三飯，要常常保養精神，掃屋收糞，與養豬牛，知本是分內事，境內人頗畏服。惟此地向來慣行牽扯打牌等事，其根由於無正直人，敢問事者，莫不百計招事，溪中需索，現今極力挽回，一二年後當有更也。弟凡事知從省儉，而十分吝鄙，頗亦不肯，每辦一用器，輒致

兄從大從結實、通匯對聯、另錄呈 閱、洪弟看書做人、如此行去、不
特老四佩服之至、茂梁兒讀書、頗耐得煩、使可相安、魏亞農借
兄銀廿兩、昨渠由貴州回、親自還來、甚感 兄情、渠在京時、
以其父原名相、現改名承楫、茂友執照、并銀兩交劉玉川、希洛
託換本班執照、西行付省城南安行營、至今未到、魏屢信催、
大約皆未到蘇託劉玉川 兄閱劉、并求代向劉領執照、覓妥人寄回、
正月底、二月初、定望回信、魏親家長蔭亭昨來、承送田十六
畝、與梁兒、其田在下泥井上册里西水橋、即要寫契、并去折

踏、當（道光廿三年）日是買得跟班謝松貴者、近兩年來去收租、因謝不知
跟何處去、止有女流在家、欠帳甚多、渠所以將老契顧字
逵耕、概送与其婿處、希 云待
父親歸、必要到其地查清、然後行事、應不虧累、其鹏兄名亭、
名棟、以佑武來京、論看、前來家中、求寫信、云到京後一切
求 兄格外照拂、如門政不阻格等類、為他達了 兄到年
門、則更幸甚、族內人甚善、八妹死得可憐、昨 王老官恩發去
世、尤甚尤可憐、滄桑之間、深矣遠矣、家中

母親大人身體康健，近日即當來膠囊一觀，

叔父照料家事，又時時為地方公事料理，而身體甚好，近日還

未娶妻事，頗有不合其意者，

叔母十一月十八下鄉，說羅家要親臨，今冬不得了，身體如常

其餘房內人各親戚家皆好，既不必掛念，即問

長嫂夫人坤安

國漢謹啟

媳女兒均請安

又程朱堯師以女許紀渠兒，訂正月初七下定，說過兩天板後之外不辦一點

事椒炊之條，或間二日或間三日下去問

堂上安一頁

壬子正月初八弟國潢叩頭賀

長兄大人、嫂夫人節喜。去冬十一月十三、臘月十四兩次奉函，想均　收到。臘月接　兄十一月信，得悉一切，不勝欣幸。三姪配賀氏女，乾坤定矣。

父親大人約於二月下旬晉省，下定聯金銀首飾等件，弟在京曾看樣幾次，亦不甚合於十分定之材。弟搬大之後，戒煙之說已經兩月，未嘗一日間斷，比吃煙勝得萬倍。惟戒煙之說來時有月即已翻腹，人人笑恥，雖以至小之事亦竟不能如人，皇連日違者大者哉。無千之起，不肯臨退則兩月無矣。

叔母在羅家過年、身体如常、

父親
母親
叔父
去腊十二日、到騰衝挂匾、

母親住十天乃歸家、此後如非有不得已之事須在外宿者

父親大人即來坐鎮、闢一方之門面和衆隨俗、從儉樸、端風化、數者

不可闕一弟亦暗知之　兄不必挂念

母親住家為　兄許願三日、昨初六起到河石之牌名處掃　祖、有

貧賤二者、願要由他門口過、堅留吃飯、殷勤恭敬地方人待我家、

可謂極好、初七日

叔父大人與名堂妹及朱堯階先生、陵、龍來畯東、下午仍下去、共寄十六扉、蛏蚶銀魚，堯師以女許紀渠兒，季弟說媒，即以是日下定、堯師辦紅綾一疋、兆像銀山兩个，不弟奉

堂上大人吩咐、辦綠綾一疋、膝套、帶子等件，今日

祖考七十九歲冥誕、龍在坪上掃 祖墓，共寄十六扉、蛏蚶銀魚

叔父請名要龍的，止要龍並不打臺，高姊亦至、今日即教九弟叶

四日已到、濟生一手行丙六恭賀之之、三弟今年皆在家讀書、設若有

欲外出者、弟亦必力阻，陽牧雲決志來京，弟要他榜後乃動

身、大約不能耽、慈躬兩家欠項、去年臘底已將借字抽回、其小
是拆東填西、三五年之後再求 先填補也、所拆者、約三百四
五十千、目前拆得了清、到底有些息利、凡此情甚爲稟告
堂上、行爲斟酌又斟酌、况恐挂懷、舒俟續啓
媳兒女新節均喜
男國潢在下腰稟謹呈

下腰寮黃金塗曾門聯

神堂　脈溯東魯千秋業
　　　心承南豐一瓣香

榔簷柱　屋繞烏私庭趨鯉對
　　　　竹林拈膝棠棣增華

左橫屋門　青徑苔深巢鳥篆
　　　　　綠天蕉長寫鵝經

大門　居家以勤儉為本
　　　力田与孝弟同科

右橫屋門　半日讀經半日讀史
　　　　　五畝種竹五畝種桑

槽門　澤沛九重常蔭露
　　　村連千里不分煙

二月十二夜弟國潢謹啓

長兄大人侍右：正月初八發信一函，想已 收到。兄十一二月連回三信，皆言及三姪定要配賀氏女，今日

父親大人下球，即往省垣，廿一日吉期，爲三姪下定，恭賀恭賀。兄臘月回信意欲秋間淨里，蓋論持盈保泰之道，家運鼎隆，

堂上四老人皆康健，諸弟在家者，雖不在人上，亦不在人下，三姪又已得六品，可謂世代引人，若能於此時韜光匿釆，則真不可及矣。不特此也，現在白玉堂、黃金堂（即下腰裏）兩宅門面均非尋常，而

父大人自去年三月以來、為邑中公事、為地方鬧事、糾纏縈擾、於
出日多、家居日少、
妹大人自去年八月以後、不散閒事々日、十不過二三、如新年來、左
暇晴地方、已將二十天矣、兩个轎夫、一个跟班、貧宦之之家、論開多少感（在閒必揮）
情論交結往飯及夫費、頗亦不易、噫、為蚳蠹以善、而家中一切
事情、未必不驟較踈忽也、加以
兩大人近日意見、未必如前日日相合、正月廿五夜、家中被盜、其
賊係由上首八字槽門遁、用晒菜未收之兩條梯架過、從馬欄

前進新屋內、偷縊、鈀頭、紫刀、單轎油布、乘扛屋之門未關、進
內偷去客鋪上嗶吱被一床、可惡之賊、依然不開槽門、仍從馬欄前
爬出、臨時裝縊樽、大塘所乾之魚、置池內者、概行偷去、而雇工
不知也、主人亦不知、其只縊未去、仍置池內、次早拾云賊（俗讀擤）縊一
張遺數日方知、失鈀頭紫刀被布等件、可想見家中經理之
百人矣、他日傳言者、如一家買魚、王某買鈀頭、并魚王某買
紫刀、各買者聞係我家之物、未必不畏地方人云、都內主要良公
原為除盜、是紳衿富家之事、迺王如一明見其人所肩之物、形跡可

縣々而惟不盡、而且因須宜為買之、以老太爺家可以偷、如一老爺而
以買賬、豈何以安、盜何以除、大不悅服
父大人之意、移砍申說
妹大人所斷然不肯、如此等類、 兄俾家一次甚好然而
堂工老人必不願也 兄云上半年要回信、若此極
叔父大人親筆之信即斷不可室乃止望謹記為禱水入春以來耕
種蔬菜、雜務叢集閒暇之日少、前日諸姊均大姊二姊、賴妹曾祖
母婆孫皆到佳佳幾天地方之事弟未必全不理會亦太遠者不

与閱、此三請四叔不与閱、不甚寬厚者、雖請叔亦不与閱、為人如此、

祈　兄賜教、洪弟竝紀梁書如恒、二月二日開會、請文皆為

父大人所喜、梁兒現讀禮記、擬一字不刪、每日約可讀三百四　五十字、此

能記、温弟要娶大約是雲娘々嚴唐氏女、其長女七十、已定許劉更

二々次子、各親戚家皆好、本房惟厚一家最難、立欲賣田、乃可

度日、大姊与二姊業已和好、其三子皆在二姊家、從彭三山學讀

書、請聘西兄々不答應、不識實在何意矣、

母親大人口氣、今秋決欲進京、并不許人打破、弟擬徐々幾諫

現在身体極健、不必挂心、牧雲兄初三日已動身來京、計三月

底准可到也、餘俟續呈、即問

長嫂夫人坤安、三姪寄弟之信、楷書秀雅、語句官樣、迥狀

順想晚、照精論寫、　姪女均請安

國漢謹啓

三月初五在本國潢謹啟稟
長兄大人函署吏左大喜、正月八日、二月十六、兩次寄信、想均收到、二月〻
信、一时因家中事情、似乎無人經理、所以赵筆而出、
父大人云、特地作一信、將弟信破難、弟方知下筆〻浮躁、以後當力改、
父大人為三姪〻下定路途往来一切、俱須遂〻玉叩〻賀〻、家中正月竊物
〻賊、昨二月廿九、地方人在新橋一窩〻〻家捉来、送去我家、細詢〻賊、
係衡陽牌前人、姓李、動身来我家偷竊、共有三夥、皆衡陽人、在
弟岸山下面白身八窩〻〻家起竹、其二人、說有一个姓杨、偷

出名猫、二人分魚約七十斤、仍往衡去、他們一面賣魚及廠這柴
刀等件、直下湘潭、將紅嗶嘰被當出、昨在那櫥裡時、搜出
父大人算糖油布、與當被之票、賊與窩住衡府人、第三月朔日解
此賊來城、具呈緝官、
父大人意見已由省來孫、吩咐除真賊真窩之外、全不追究、恐差役滋
擾鄉人也、弟山居、掌管山林田園、竟菊百種寄下、領略田園真趣、
而捻賊剿平、不能不出來、覓城市買屋、片刻難安、加以經營
學、又修節孝祠、百務叢集、不勝煩厭、必須五六天、方可偷出

馮樹先所寫之書，真不愧知心語也。宗毅然先生已歿，請朱堯師同
父夫人名作輓聯云，哲嗣記出樓，小子空稱倚稚皆，先生彈瓊島，
老夫拜廟共強仍，未知當否。堯師來城，其父母均八十餘，皆
康健，能行走。本房人皆如舊，二伯祖母已晉八十，甚健，厚要現在
家中做工，厚四在寬三家做工，住八妹祖母，勞病甚，恐難起床。房
如早三爹、騮三爹均各甚勤，七妹死去，家物亟得久病，死得糾纏，
其仍事武程，未必知改，丹閣妹近總與鄙凱五先生相依，每仍
事多不為人所敬，可慮耶。鄙報昨夕已到，即擱住在城近

日即當開去趁雨蒼正月已到家再三致意道謝、
父大人身體康健明日畢歸去、弟則尚須時日、
母大人康健如常、
叔父亦偉無恙、
叔母現尚在羅家、大約五月廼歸家、其餘大小清吉、不必掛念、即賀
長嫂夫人喜安、　三姪隋配琳女、萬々喜々、　姪兒女均吉、
國濆謹啓
又者、六弟娶妾、大約定々本年々上歐陽氏女已訂三月廿日成婚、

沅浦九弟侍者，吾 弟從羅山先生，可謂得師，深幸深幸。所聞君子
弟館中想必不多，特 弟不可時常外出也。家中事，聞兩位使知，
父大人寄來名片二紙，一交賀夫甫先生，道係處處并煩擾多時，一
寄羅山先生，求渠誨吾 弟。六兄要妾，係朱樸亭說媒，未
見所交後人，特不能打破耳。 弟已取附課，可喜。此後每當
官課館課，總以能入紙為妙，而對策亦不可不講究。二者兼之，
所如輒合也。謹記謹記。餘俟續寄。

三月五柏兄潢手草

四月十六夜兄國潢謹白

沅浦老弟侍者。兄去季交初。將田禾栽插。園蔬依界。一概培植。於滑山林落趣。初七日因公務至珠壹市。與朱堯階先生同往高蔡塘。料理田莊事件。十四夜由返。攏朱父台兄遜堯荀信。知渠欲辦鄉勇三四百名。交鄉紳帶往云云。但轉

永豐東城十六午刻即到

父親大人因未父台信趕十五夜已到。字和

堂上各位老人均康健之至。其餘大小清吉。對備十五到和。猶

漢吾 第三兄蒙家太守邕芬。豈肯不惜命是旺者。但兄今日下車。即閱省会各巨室。多有将眷屬送之他省者。以省信中、亦稱實在事。并閱各大人、竟有送眷屬俾去者。先去以為民望可太息也。又聞七日之内。今各城門外、拆民房七丈。合之即數千煙火。豈不痛心疾首之極。望吾 第急仰家太守求為家各大人。粤匪相距数千里即来亦須时日來事張皇徒耗人意不惟於患難防。尤恐滋生内亂。各大人及各衙門眷屬。鄙意照行之程而各巨室、觀感之而舉移動。者已動者。去之未遠。守者甚遠。回民居已移者。宜妥給記之勸聞使。其民得所。未移者。如其止之。靜以鎮之。相安無事。以靜待動。則倘即來。不難禦之。而各縣各鄉。命之團練。富者出費。貧者出力。此太平無事時。亦宜如此。現在各處練團。宜妥示之。五戶連結。其無人與之連者。問有戶族。保否其人能具甘結。否不能。則左右鄰互之。不能互甘嚴防之。所以稽匪類也。境無匪類。則土風不起。僅防外患。何難之有。朱文公傳各紳士日內可以到齊。酌議之後。各陣各鄉招募壯勇。數十名。或數十名不等。限之以期。
來城會數。約以半百為宜。推是擬到。縣為招領。強為教
領。隨往長沙。隨往衡州。任朱安台識酌。若謂兄六月
間。則斷不辭游。弟前兩次寄草函信件多件均收
到。此次兄寄長兄信甚少。弟將此函附呈可也。
羅山先生處。吐君諸姊
賀少庚姻兄處致意

兄國潢手草 由翼城旅次寄

弟國漢謹啟

長兄大人侍右據　兄三月三信藉知一切弟初學農學園藝

能領略田園真趣但知趣者未必能安居賞趣也　兄屢信

言陣目擊時事其能恝置乎湘邑得朱父台鎮理各綸

大小事件紳士悉從要之團練各衛各鄉安靜之至惟有

職未奉張公來兄失禮詳載（壽）其況信中命之附呈乞

賜覽即閱　福安并閱

長嫂夫人坤安　　嫂先女均　四月十七由郵職寄呈

五、家書

作者：曾國華

清道光二年壬午生—咸豐八年戊午卒
（公元一八二二—一八五八）

曾國華，國藩三弟，字溫甫，出撫為曾驥雲之子，咸豐間國藩督師江西，江楚不通，國華乞兵於胡林翼，轉戰以抵瑞州，始得通問，以功擢同知。後襄辦李續賓軍務。三河鎮之敗，從續賓力戰，死之，諡愍烈。

十一月十五日接六弟河南道上信錄此　弟國華謹啓

大兄大人左右自拜別後廿一日在保定由荻舟處寄一信想已收到二十二至清風鎮廿三宿伏城縣縣中前十日有大劫案入店時店家即了縣官有令行人須天明時方准出店要早行者須與本縣了明或派人護送來此即着馮升至縣與之了明適河南藩司由京至汴沿途護送來安日即尾之而行幸以平安廿九日至宜溝驛明日至衛輝則分道矣聞

前途亦不甚安靜弟此後無大幫則相率行事
如各處許派護送每日即費錢數百亦情願出不
然則已明而後開車未晚而即投宿不過多延幾
日耳自出京至廿七日天氣俱晴煖廿八日狂風廿九日大
風而弟禦冬之服猶未盡着固時留以待之車夫二人
其一甚好其一甚刁契上載明河北每日發大錢六百
河南每日五百渠十九日即言河北馬料甚貴每日須
發錢八百方足使用弟堅不肯渠即堅要後弟與之

訂定河北每日發七百河南則仍五百如未至樊城
錢已支還我則一文不借渠比時答應及後每日領
錢總要求滿八百之數未再不多下及三四日後渠又要
加錢未呼之來當下今日無錢可發照契上算每日六
百尔所支錢恰合此數所以今日無錢可發即明日亦止
錢照六百之數並七百亦不能必渠再三求甚後仍將七
百之數與他副後渠要添未即要減渠亦知難而退
日內似覺好矣才身體甚好惟車上辛苦頗覺不

耐旅舍張寶頻覽無聊南望家中北望京中未
免万端交集但亦只自知保重途中一切
兄弟不必掛念家中或有何事無何此時望
兄亦甚懸切遠念家中々事近念途中々人不知
兄一日作何景況望亦自保才觀少思慮為要耳即問
近安並問
長嫂近祉

每日隨差車宿店房不甚貴一兩大車單一下房錢至
有二（大小）萬二十文者

馮升來信今晚又來祈留意事

十一月廿五接信二三止此

十月廿九於國華寺於官溝驛

弟國華敬啟

大兄大人左右自保定發信後廿九日至宜溝驛寫一信三十日至汲縣由一山東僕人至汴之便託其交鄴墨林兄轉寄未審已得達否其信頗詳悉若中途失落則無謂甚矣十一月初二日辰刻至閏家庄隔黃河十里時北風大作沙塵蔽天不能渡河初三日風息渡河幸平穩自汲縣与嚴方伯分途遇一輛孤車早行不敢太早而晚間投店太遲尤屬可虞弟因与車夫約每日天大明然後開車如到店時店中未能燈

大話則賞酒大錢一百五十文小話則賞一百文店中已點燈則無賞此唱之以利也又予到店若晚第一有差錯必先把渠送官用嚴刑拷訊此惕之以害也聞途中盜賊得財物車夫亦得分股亦故得以此言嚇之車夫因前有利後有害每日亦趕急向前尚能如約惟到店時酒錢之外尚要過支則每日間氣其稍好者則日日執鞭直下其刁者則日日積坐轅上如粘終日哭音唱小調不絕口意氣揚揚甚自得也亦西鶴秋之餘年人戲笑觀其風流自賞轉覺我形多穢王右丞云孤客親僮僕斯言栩行日惟

与漢升相寒暄而已初六日至襄城縣有一武弁自山西携眷來

將至湖北始願與之合伴後觀其坐車則武弁坐前中而其

太太踞其後則武弁前而太太後觀不要而合伴之念亦止

矣周道視之本相貴貴我輩生非其時恐終于不能得一階也

中

狠以為負心惟讀書人武夫目不識丁當必有天真未鑿者而

今所見如此則又何望十一日至新店隔樊城一百一十里于是闊車太

遲則到店必晚而雖乎卸車因命漢升至千總衙門要營

賞酒不三百文

兵六名護送連夜就道行五十里從後天明十二日午刻至樊城

往揚公盤船行因會館房屋已傾正在修理之車夫除賞錢外

渠常只大不二千二百使盡氣力僅獲錢二百其可知矣十三日下

河看船未妥十四日至河岸風甚行之人不肯入河我強之駕一葉舟

至中流風忽然遇升之衣已淋濕矣舟子僕人俱色變我急於呼

船搖如在睡夢中之隨即登岸行之人嘆回看老爺神色不動

其膽不可及而卒無恙其福尤不可及也十五日定一湘艑船係一

山西人我僕至湘潭東寫一窗而至長沙下定價銀六兩飯食在外

每日飯米每人大不八十文茶菜自備十七日行李上船十九日始開

帆距出京時已一月矣樊城寫船掣肘如此殊非初意所料歸心箭迫頗覺悶廿二日至龍家集阻風一日廿四日至聶家灘此地今年被大水衝開一河其老河幾廢凡船稍大者至此船上一切貨物皆搬過小船然後可過謂之撇灘此從前所無之其地極險聞自七月至今已壞船三百餘號矣江岷樵見新過此未嘗言及想係秋汛水猶未落今殘冬向盡適值其涸歎大吏議廢老河將新河另開以便行船月之廿六日打醮廿八日興工此後其庶有豸乎廿五日大雨船未過我廿六日始行

過灘是日北風大作撤貨時未久坐船頭至晚間覺頭昏眼暈困饒
喫白酒大醉一場至廿七日仍如舊矣初一日已福至漢鎮鐵即着人
將茶雲行送至天祿堂帳房茶雲已死而曾宅有信与香不知未因即
刻過江至羅興誘宗時已晚矣即宿羅宗詢左暑潮已於十月四日福
二日早飯後借興誘衣服至常南翁處問宗行渠云于年之南翁回
留便飯步署時天晚矣再宿羅宗初三日歸船則茶雲之兄名傅熾者
已於先日攜家行來拜惜未見其人不及問茶雲臨終景況耳後行
知四兄病已轉問未必得香貝此宗運之年也　兄未行窮窮教語起

因新丧良友不能為情故欽南翁之渠封銘著人玉天福雲將找
唔僕人必找之的確從後交與僕人因某雲已死遂未交亦慌重之責
也因与弟商定即以此事項送作奠分渠亦即刻代出本以中膳起良佳
而不敢作主祝浣忠宣之收租有愧多矣因与南翁之南翁既有作与
先則遂改作奠分待先四行何如耳照樣之字俗實在道十分受苦
故也僕為車輪壓骨現當留樊城俗實在鄂閩帆船弟至鄂時僅
二日耳聞凌紫軒自冀州回南於道上作古不知作西果尔亦慘已弟
船今日寫閩明日或可與閩撥船不能由我作主亦不知可如何也弟未歸

以前若日夜赴若女接信來四兄病已愈殊有掛念姊今留第三年

所得果安去出門時　父母倍望我以期許生如此耶至蹤直根肉居必須

賣一賭肚豐面錢後可進里門也　兄今冬接四兄病信三日後接信而病

已愈明年榜後接來病信而知三日後復有接信矣　一笑　激亦姓梴第

鄉兄未覆似不能去信待到宗後再寫兄面時始可道及　兄自保重

如遇○○○○日處節飲食為禱心中萬緒書不盡一頓間

涵升薦信已交代雲章辛留書

長兄
姨近佳並賀年

年禧

十二月初三日弟國華寄於漢口舟中

大兄大人左右十九日接到六月廿九日所發之信得悉京寓平善
大嫂夫人偶沾微恙服大補藥即就痊可以欣以慰廿日所寄鹿茸片
初九日接到廣西主考孫太史處所寄監照文章於十六日接到弟等
在家起程時四兄有志觀光云執照到省之日即行辦文錄科科院
錄得即飛信通至家中以便束裝來省昨照到稍遲將欲往本縣
起文時日無多已不能及矣適劉裕軒在善化署幕中 弟往渠處
借文書一紙今上午已投文買卷矣廿四日弟自入場即命九弟代 四兄入
場錄科丹閣叔去歲未過科試至今尚未到須補錄朱堯階係請人代

錄大約近日可到也莊寄漁明府處信一件已遣人送至寓宅渠現
出差代理耒陽張虛老信亦送去初八日在此間發信一件由松雲兄
寄來計月內可到家中光景弟等來省後尚未接信
堂上老人想當康健如常侍四兄來即詳寫呈覽六月由陳家寄
信一件不審收到否四月之信弟与蕭辛五在提塘及周維新櫓
差家細查一翻云實已交京提塘大接信已失落其詞如此亦無從究
懲也接軍陞刑部侍郎將去湖南矣南人可謂無福適聞有摺入都謝
恩因忙草數語寄呈餘俟續稟即候 福安并 合宅近好 七月廿三國華荃手具

弟國華謹啓

大兄大人左右十四日在縣城接到去腊初十日所發之信藉悉一切甚善并問及弟何以無一字至京弟非不欲時時作書訊問起居但每攬鏡自照面目增穢輒亦中止蓋弟之與兄學問則一醇而一陋地位則一貴而一賤人品則一薰而一蕕雖日置千萬字於兄側無益於兄祇足增弟之慙辱耳音問之疏職是之由伏

惟　原宥本朝定鼎帶礪之誓士人必闡威
如甬然後可得甲科　內子柔懦無威可畏弟
坐是沉淪二十年今擬增置一妾秋風桂子庶
其有望乎然此亦無聊之極思也明日九弟麓
山去矣季弟課四兒子弟則利見齋頭一故吾
不相為謀各言其志而已家中眷口平安
堂上各位老人均極康健　兒不必掛念即候
長兄嫂大人新禧

正月廿三夜呈

弟國華敬啟

大兄大人左右頃接二月十日書欣悉正月廿四日兼權天

官之喜時

父親大人以澤姪較庚事方自省垣歸三更時候燈燭滿堂

堂上三位老人　弟嗣母方留外家　各整衣冠迭為叩賀　弟此

時侍側之樂料　兄亦可以想像得之也　弟今年

在家雖無米鹽之瑣碎亦有錢穀之紛馳所謂理與

心相融心與理相洽者已拋擲牆外矣所有子女

二人長許衡邑劉更二爺之孫次許常胜濤之子均於月內較庚申年以來此事邀遍又

堂上尊人為弟訂歐陽氏女為妾亦于本月廿日成事昔人所謂有用之歲月半銷磨於妻子仕宦弟今歲幸無仕宦之擱我則天之於我厚矣心中萬緒書不百一總惟〻

心照即候　近佳并叩

大禧

三月初八日國華手具

沅浦賢弟左右　月餘不得　弟書　未審眠食何似　家中老幼均平安　煩買白袖口一付　父親壽屏、楷代買壽封　煩細心斟酌　父大人作單袍的

父親大人自省城後又至永豐一帶約十餘日始在家　在好皆精神百倍　母親大人一切行動如常日用飲食與　弟在家時一樣　間抱幼孫六兒往堂階外或不攙扶亦可自行　或何動念思買什物即呼兄名須寫信與寬九買就　兄即忙應之　弟謂此舉何如　叔父大人精神風采皆如舊自冒福一以後即杜門不仕

在家調停零碎事　孀母大人以容去歲久亦數月未見安
有來往使者但云平安　想亦如寓日規樣也　九弟婦現住
母親寓房中（云就乾爽且夜間不怕）　二弟婦往霽裡去矣　兄於荷
月廿日要歐陽氏女為妾（廿日家二轎　廿二早家四轎）　現令嫡座當覺相
安　但未知後來何如耳　家中田于初二日蒔完　腰裡兄
更早兩日時挑山來舍　謝館五十兩　可謂厚矣　玉烟堂帖已
向梅小霖討取否　念念　心中萬緒書不一一　即候
祺安不具
四月初七日　兄國藩手具

又者前買什物言七十女兒較庚後因朱良益去寶慶去
遂延擱至今錢女庚已發去姻事已定矣九女兒許常
家和六做媒於本月初十日較庚一切儀物概從省惟庚
書往來此兄之意也省城近日謠言廣西事何如祈畧寫
一二鄉間亦頗有所聞未知合要也　弟此次有信進京須
將　母親意明告　母親進京之意似已專即不迎養亦
使之知　母親有此意而已寄來皮蛋二十只醃蛋四十只雞一
只鴨一只臘肉一方茶葉八斤均送賀宗查收又及

沅浦賢弟左右　日昨專勇來　草寄數行　時探聞袁
州之賊盡竄吉安一路　弟未及會齊各軍獨自前
進　兄不能無掛慮　昨得實探　袁賊竄吉安者半竄
臨江者亦半　會合撫州之賊　想必不少　惟聞周梧岡已
由萬載硬行　將至安福等候　弟軍到時即可與
之同進也　頃得謠傳云吉安之賊已聞風而逃　其真偽
如果爾　則年內當可相見　不勝欣幸　惟袁吉兩
郡同時奏捷　而瑞軍頓兵堅城　不勝焦灼　至盼[illegible]

內無時衛竭力謀攻城晝夜輪攻未能得手而據倚則
不少矣城池之復看天也　弟治軍閱甚嚴明兄不
覺喜歡之至兄自病瘡後頗失之寬日內已漸漸加
嚴矣前日　來信一片所陳之事目下未能遂依
多助我之人故也昨日逃出之人云瑞城之賊已經鬧
慌油鹽菁項亦缺少如此處亦須乘則破竹之勢
成矣此候
近佳

兄國藩手啟　十月初十夜

弟國華敬啓

四兄大人左右初七日專人回家曾詳布一切時袁州克復之信已確今日傍晚有新昌民人李姓來營談九都些同探問至吉安賊聞風而逃吉城已經收復云云查九都在長沙縣十月廿八日起程長行至吉安不過四百廿里多計兩五六可抵吉城得手順便取吉城甚便實哉有之即此信不確亦不失為好謠言也竹庄直奉新告急欽差帶六百人

往救之此間晝夜圍攻仍未懈意大舉當在
十五六也袁城已復吉郡亦有好音瑞郡若
不能攻破克則恐矣恐矣張使吉安易復則
瑞賊亦第求能之主也各處餉項有陸續解江
省者兵食兩件似均有起色大局轉移之機
或在於此弟非修石鼓嶺之新城頗甚開日澄清
亦此志也恭因報四奇告假之便聊寄數行即叩
近安
弟國藩謹啟 十月初十夜

仲兄大人左右蔡七回曾呈一緘想已 登收十七夜
大兄自途次接李新多營官及紳士行李邑已准備迎
接 大兄故迂道至奉新廿一日始可至瑞迎瑞臨兩
郡之賊日內探聞薙髮者多非竄促思散則恐係奸謀
思冒充官兵之計已告知各營准備並告知李[illegible][illegible][illegible]
蕭之軍擬未趁行至臨江何遲之也饒州頗有警報畢
都司為事甚急此間有安慶克復之謠雖未證實想不[illegible]
好消息也壹不盡一一即叩 日安 弟國華敬呈 十九夜

弟國華敬啓

四兄大人侍右安七等來接奉

堂上大人手示并 老兄一片知家中清吉但

老親大人因江西警急與不免於憂慮煩 老兄善為寬

解江西雖緊究未有燬遍省垣若省救援之師已

漸次將集或亦可以剿平且此關於 國家大局亦

有一定之數我家亦無事過於焦急也 弟此次冒

昧之行惟盡心力為之而已家中上下兩宅求

老兄并爲照料紀澤姻事家中無錢可用 大兄
有饋者百兩在季迪前處弟將其送寄我家弟不自
行着人送歸此中有爲難之處兼有不可言之心理述
聞長夫有失誤也紀澤留住省城似爲小道賀家并有
久留之意賀者在弟前已露 兄所已定之期弟勿
令其再行還延此弟之見如此也弟行期已詳
堂上 行中餘容續佈即頌
近安 季洪賢弟均此問好 三月初一日

男國華跪稟

父親大人萬福金安蔡七熊四等來營知
堂上各位老人康健如常合家亦均清吉不勝欣幸接奉
手示戒諭諄諄自當早夜思維凜遵所解夢兆尤妙
將來得
大人之福庇得立微功亦未可知也男自揣本無帶勇之材
而此次之冒昧任事實因胡中丞李都轉之勤懇
而大兄在江西適逢警急男若故為安坐殊失

急難之義故與中丞密商急作援江之舉也現男營
中亦頗有頭緒已與劉峙衡兄於廿八日拔營紮魯家
巷至四月初三日吴竹莊刺史普慶堂參府一并拔營
前來初四日即可合大隊長行矣四月餉項現已措
辦未到江西省城之前胡中丞又答言接濟甚為
可感此去江省之路吴竹莊甚為熟悉胡中丞面囑
軍謀到平江後探聽何路稍虛即乘之而進所過
止打行仗勿攻城畧地以早達省城為期則聲威

先壯然後聽　大兄調遣也江省雖失數郡究未
逼省城外援一到合援兵及江省兵計共得三萬餘
事機若順盪平或亦易〻也男在營中一切自知小
心謹慎近年矜躁頗平於同事諸公必能相安伏求
大人放心不必挂念餘容另稟
四月初一夜男百拜呈

沅浦賢弟左右 接手書藉悉一切 甚慰甚慰 兄前次兩信將赴援江右之事已詳明告矣 今營已拔動定期初四長行 惟四千八百人之數已除去瞿守備之八百 因其人行事太不穩妥 不識左季翁何以許之也 兄稍同知出自胡中丞之意 執照已填寫給之不能

老弟來信云湖南已保同縣丞業經出 奏 援江之案胡中丞又將以同知曾某入告 事出兩歧 可奈何 不知從何更正否也 此兩事均出於兄所不及知 可發一笑

須查湖南也 奏日期在 三月十九々先後也 弟
廿三夜受寒甚大碍否手念々紀澤在省宜囑其
早歸年雖頗家々留也羅々為自新寧後人頗議其
驕至好如李迪菴胡詠芝亦稍々心小々兄細察々亦謂不
無可訾議名聲自在天壤身後
卹典尤優小弟例照巡撫文武頭品予廕舉人一名謂
優矣
皇恩亦渥矣於援江之餉除三月外尚有一萬兩荊州

已解有若餘兩日內可到鄂 鄂議又有撥項交湖
北李迪菴及水師請菴亦可以分用接濟未到江
省之若餉項或可以不繼但轉運維艱耳 兄若行之
好 弟至平江一會左 弟自宜呈意兄毫無成心
兄弟五人雖 弟之體獨弱亦不欺 弟多勞之意
也即候
近佳

四月初一夜兄國華書于魯家巷營中

男國華跪稟
父親大人萬福金安王仲和安七等来營接奉　手示知
大人康健如常合家清吉不勝欣幸又　諭以在營所
應盡之道最為切要男當時刻體認一一遵行至
此軍名為援江而為崇通之賊所牽制以男之本心
則以早到江省為急以湖南北之大勢則以早滅此
賊為急以戰則賊不如官兵以詐則官兵不如賊男
自出師以来始由小路出崇陽賊則竄蒲圻以避

之繼由大路出蒲圻纔一交鋒賊又退回崇陽今男
已至羊樓峝賊在分水坳設卡明日即可進剿矣營
中之事男自知小心謹慎凡遇出戰則與吳普劉共
商量不敢畏葸尤不敢冒昧伏求
大人放心男身體甚好精神尚能振作
大人不必挂念餘容另稟男百拜呈
四月廿八日
寫信後接　大兒喜信一件一并寄　呈

男國華跪稟

父母親大人萬福金安仲和安七等来營兩奉　手示知

二大人康健如常合家清吉不勝欣幸李耀四告假回

曾寄一信言自咸甯出蒲圻及收復蒲城等事并

有稟稿一紙託其便帶想已　呈覽自蒲圻渡河

後兩日至羊樓峒離崇陽六十里昨夜探報云何

逆首已至分水坳今早已派各營出隊往迎戰矣廿

八夜接　大兄信一件知大兄身體甚好癬疾已全

愈軍事亦得手與文中丞極為和衷此莫大之喜信
惟男等此軍為崇通之賊所牽到江省或遲耳厚四
來營已收用似尚有轉機男待厚四素嚴在營尤
必使之不敢為非此所以愛之也正三因病而回火食
帳即使梁五任之正三即令其不來營亦可王仲和前
次送信在途在家延挨太久此次仍着其送信將以
觀其後效也男在營中一切自知謹慎
二大人不必挂念容俟續稟 四月廿九日男百拜呈

仲兄大人
季洪賢弟左右讀來書具悉一切江西之事已有轉機此莫
大之喜浙閩皆發救兵惟利下尚未入境然而聲援則已
壯矣浙兵係弟薪舲侍郎統領弟江西人也自必關切
若湖南福建之兵則重在防而不在剿此有識所知也
然我軍急於援江而竟為崇通之賊所牽制天下事固
出人意外如此現已至羊樓峒逆賊已分兩枝一踞分水坳以拒
我軍離羊樓峒二十里此股約二千餘人一由港上復將竄蒲
圻此股約四千餘人此今早有地石斑之鋪也分水坳一股已

派各營往剿未知能得手否寫信至此後遣人往前探聽
報各營打仗已獲全勝午飯後各營收隊回營知賊匪兩枝當
頭左一處設館二十餘里我軍分三路進惟中路及右邊
山上一路殺賊此係寔數實近千名奪獲旗幟三四十件鎗四五百枝抬槍器械無算
中有湖南操槍甚多小槍三十餘枝想係江汕舟營中所喪失者詳細
擒制三名逆首何姓我為槍鎗斃我軍士兩人斃鎗叢
戮咭中甚篤該逆首墮馬而奔我軍士追之該逆以大
歷向後一拋一瞥眼去之已遠矣此軍士係左武另堆內挑

也歸順者故諉之詞也賊自通城撲江營後甚為猖獗我
軍北河之戰追賊溺水死及檢點者亦近百人今又經此戰痛
剿一番亦足以稍挫狀焰矣此今夜仍須探明賊蹤明日休
息一日隨後再行進剿也此股近日速平則到江有日
矣弟今日未出隊因各營長皆出戰至二十里舖此處
六營營盤須防賊分支竄出來擾亦慎重之意也心中
弟總未有一措祈　心照即候
近佳

弟國華謹具　四月廿九日

男國華跪稟

父母親大人萬福金安

八月十七日

弟國華敬啓

四兄大人左右：安七等來，接信，知

堂上各位老人康健如常，上下兩宅眷口皆清吉，不勝欣幸。

煙肉廿斤如數收到。大兄身體亦好，於初一日往吳城

巡視水師去矣。瑞州軍事，自前月十五夜大舉攻

城，未經得手。至廿二日，臨江觧送米糧千餘石，賊出

大隊迎擊我軍於南城內外，與之大戰，我軍鏖戰

時，送米米賊紛紛逃去。是日賊殊死戰，我軍衝突

十一次，始行擊敗，斃賊雖多，而我軍之受傷者亦

復不少。自是連日購辦內應線索，方辦有頭緒，定於

昨初二夜廣東賊目開門迎納官兵昨夜派大隊至
各城門竟未開門而我軍把總李玉田潛入城內尚
未回營昨夜之事各營頗不高興今日戌刻恩濟
江省尼報武漢於十月廿二日已經克復廿五日克復
黃州廿七日克復蘄州廿八日水師已至九江陸軍已
至大冶九江以上一律肅清東南大局自此底定得
此喜信軍氣為之大振瑞賊雖悍想亦不能久
抗也一切祈代禀
堂上老人為幸月望後再著人回家詳禀也此叩
近安
十二月初三夜男國華謹呈

六、家書

作者：曾國荃

清道光四年甲申生—光緒十六年庚寅卒
（公元一八二四—一八九〇）

曾國荃，國藩弟，字沅甫，道光優貢，咸豐間洪楊軍起，為國藩畫三十二策，無不效，國藩困於南昌，國荃募勇援之，戰屢捷，肅清江西，復安慶，進攻江寧，克之，擒洪福、李秀成，盡滅洪楊軍，以功封一等威毅伯，官至兩江總督，太子太保，卒謚忠襄。

大兄大人左右 弟自三月在縣發信後未嘗寄書問訊嗣後接郡城信數書并遵多丑造丸銀頂等皆於五月初十日收到 六月初二日弟奉

堂上老人命起程來省赴試時家中人均安善

祖父大人精神如常四月以來眠食較春初更安康每日至中堂坐二次早飯後乘橋轎出來日中乃入房下午出來日入〻焉 弟與 姊大人亦常備轎夫之買而

祖父大人快暢之時每笑容可掬夜間則

父大人在房內侍奉每夜小解大率以六七次為度毋
初時即坐於床邊背後以絮被三四鋪圍之面前以
帳遮之而以馬褥覆其膝至天明時
叔大人起來後乃為之洗臉吃水烟旱烟每日大解必一
次為常而一日二次二三日一次其偶不易者也熱水洗澡則
坐轎至長樓屋　姊大人及本輩人外呼剃一為之就
中或扶起移坐洗足換衣裳本等習慣為常亦覺易甚
兄將寄再造丸遵乞已服二三次此合之數日內覺甚有

效驗後究不過云云也可見老年衰弱之疾竟有一定之數而非藥餌所能醫者焉　兄等在京可以不時時掛念父大人近來體氣康健勤理家政間或爲地方排解小事祖大人性謹從未有一些煩勞又無有一些不合聖賢道理母親大人康健如常性以孫生之人常在遠游不無掛慮膝前三婦天性俱蒼且俱非善承歡者亦俱非勤於內事者是以往往有不快暢之時而料理內政則未嘗一日輟也近來意思頗想得一了頭侍奉又命弟寫信與　六兄欲買頂上漢絲布一个繼夫衣一件得之則如願而償矣昨以本未省之日至蕙妹家

待聘擕也大約十二日回家十三日嘗新常常懷 兄等不必掛念
叔大人身体健爽日日侍 祖父大人之側述来意恩常欲
六兄南歸以便明年赴南闈 弟常以六兄留京好處之言勸
之而六兄意頗不以為然謂留京一則恐苦迴避二則離家多年恐
長安居大不易也 弟微窺其意蓋望生孫之望甚切不便明言耳
叔母大人體氣如常今年四十壽辰有客四席蘭蕙二姊皆回十五即歸
甲五七十讀書如常其餘眷口均平安四嫂有夢熊之喜李仙九師
與伍仲常信比比即遞去并聞即請
福安 惟心照 弟國藩手草
六月十四夜

六兄大人左右五月所賜一示弟竟未及展誦深自歉仄蓋
季弟寄歸之時弟已自家來省也家中近狀已具呈
大兄信中茲不贅言遙想我兄安吉讀書有得
無任祝禱無任歡慰今年教學相長當不寂寞邪
來看書幾何作文幾何必有奇趣而每次信竟不
談及與阿弟一領之而共賞之得毋鄙我為不足
與言者乎抑亦酬應殊繁而不暇及此乎以私思之
致私望之切而遇之安諒亦然亦迫而為然然之詞耆

來如 兄固必不為弟責如弟自去秋後以迄今茲未
嘗見其為何物惟自侍 祖大人膝前以備使役三
月送季弟赴試竟是如也老季友覺漸頹而老
況遂覺寧靜之甚一刻不能安歸後欲見
于 堂上兩鬢皆形蒼老矣 四兄於四月十一
出門至五月廿六日乃歸 父大人嘗嘗督弟用功
以為科考計是非為考拔計弟實能度德量力
者何敢貪恩妄以徒 堂上有此意自不得因不曲為隱

紀鴻捏考拔也未其科考不進學子則亦頗羞矣
初二日季命來者稱亦早到與季弟信二函中自思屏
去一切稍稍用功乃閱卷落筆此處莫知其鄉昨日閱
令作文發不能成句且每文中常用言字子擊其點盡
何不可笑也耶何不自勵而自振也耶現今日程未講
天地祖宗神明庇佑老季府考取首院考進學以敬
堂上歡則美幸矣老季今年御輪已報期十月初二日
五月間鄧升六二爺函致家言已允後備錢進學娶親盛皇

家庭之美事人生之至樂者也弟者天假之緣兄弟五人
長兄常日逝學後乃娶秋季來亦能接續時歲亦未可知近聞
南中朋友自京城歸者頗堪稱吾 兄本領高不可攀弄
能絕盡一切游戲無益之事弟深悔早歲留京未自伏
案用功任意使氣不能 克己之教誨自歸後又復因循
度日以至碌碌無所短長空過歲月我自棄也今聞
兄識與學俱大進于我處文時之驚喜自豈 聞此言
不勝慚愧之至然以亦知返躬者甚無稽自振興不以人

邪僻戕其身不作無益害有益將往歲所好天九一
至十者概置於不見不聞之地未審可
允其有以教我乎孫手曾問及老師和何如昨至
其處請留以當無答無答陸續當見和觀其厚者誠
近事附聞煩賴耕丈于六月初六日仙逝唐有唐及其弟
六叔五月下世彭九峰錦春先業甚苦兩相之四千千
當此完得二千匠在完在者完清而壽卿堅此鉞作
壽賢　祖母大人陰靈遠塢於九月中旬即做讀閒又聞
捐失近日即甚革此夢向　近安　諸惟　心照　悟
十四日 國荃呈

大兄大人左右：前月十五日發信一件，由陳筱雲
兄處寄安，想已收到。月初
江紙樣兄到省送來，廣昌全付壹八
斤，價值十六千，大紙其物頗好，待到家
日請人細心整出，服之當甚寄勤
紙樣為人之好，天下之異，與此偏不勝
欽慕。兹因季廉之便附來茶葉

在安此茶係在省城買的其味甚好
弟等在家本時不料有此好便所以
未帶家園茶也今日閱任梅園已到
別府附之物想必明日送來弟九號
信昨日已接到寄歸矣江岷樵兄于
近日內即起程大約需要八月底乃能到
故未詳書即問
大兄大人近安　荃弟叩
六　七月十二

二大兄大人左右：六月廿一日接第九號安信，得悉一切，旋又接任
梅講處所帶什物及精一个，信一件，欣慰之至。
大兄之癬疾下身當未全愈，際此酷暑逼人，而又酬應紛劇，
良難過日。六兄於夏間偶沾微恙，遂辭黃家館，近日
體氣想已復元，數週之相思應時釋。弟六月十六發信
一件，寫家中事寂詳，託陳岱雲兄寄來，後又得四兄信
二，並交陳懇加封，量寄想俱達覽。此間考試七月初四開考，
十五終場，季洪得取前列。院試當未懸牌，大約在廿八九開考。

季洪既在帛堂字輩之列進學想該可靠　弟自他們這些
考的一到絕未用功今年已無復望矣明年總須伏案數月
方能觀上國之光也李竹屋兄自我縣閱卷歸即留帶省
城昨乃得澧州館於十三日起程去有信與大兄交江岷樵兄
手岷樵於前月底到省　兄所託買帽骨金付已交　弟手準
自寶慶至永州即有病先擬迎道至我家後因有病遂
不果到省後數日乃愈稍胃乃出門拜客與弟往來最密其
人之俠氣力量自非一切世人所能及向聞其慷慨忠義之名

竊嚮慕者久久今得見其人不覺欣慰之至不覺佩服之至

渠現尚未得世兄甚老伯伯母隆喜族渠棧眷屬來京已於昨

十三日起程矣 弟託帶有細茶七斤其茶係在首城買的價

每斤三百六十文不知可合用否大約八月底可到 兄所留南橫

街間壁房子今可以不用渠與家眷必住會館也陳竹雲兄

云 兄託杜蘭溪所買 皇清經解一部尚留在渠處

寄等帶歸閱此書最富於考據惜弟 輩未能閱及此負

兄買書之意多矣 十一日接 四兄信一件云 堂上大人均康健

祖父大人近來精神甚好以服遺方而右手消腫可見奇效所
買參膏歸後熬出服之如有效驗則多服備繼續使起居
將為如天之福矣
父大人精神甚好每日孜孜不倦
母大人體氣如常今年到鏡湖三妹在程家請華二方丸藥
一單求葉五十劑上午服丸藥下午服水藥前來看付已服完
頗覺相安其藥大半是陰陽平補杜家再造丸如此甚好
弟想 母大人服之必相宜不知可多寄否又 母大人意欲買如意

了頭一个以般多左右而不敢對　父親說來想由灣其意而懷憾
之來看時託陳偉兄代買陳已買數次看來都不合式大約
奇春麗奇陋者俱多有稍有心思玲瓏者則價亦大不廉矣昨
看一个年只十三四歲略覺聰明一點只要四十千文陳謂可買
未看來總太小在已辭就不而　母大人雖得如意故以未買既又有三思之與子孫尋常
了也又非一朝一夕也僅實　母大人之命而未實　父大人之命
又未商之於　兄甚非道理如有不妥之處則一刻難安矣
且了頭之難買其難不可以屈指而數也一則恐其性情不好隔時

上人唇齒相稽一切恐要添嘴添舌播弄是非使家人骨肉之
間易生嫌隙一則恐其太嬌嫩太風名士英世殺者所以
不敢獨斷獨行也　大兄素來用心周密而不甚於籌度理
行四弟告我不要該明照君所以我不別徐了成時以為出自兄之意將你不信否　母親意之也
從容寫信告我我行我素性所命也
妹父母二大人均身體安康其餘眷口甚平安嚴親皆好所附
之筆硯當時寫想是如意的牧雲筆到家即日送去請七爺
轉陳一妹已交兩人皆道謝母閣妹寶田婦鍾時於六月底
來笑山與心悉之世兄人至我家送朱嵐軒之謝項其謝項幾庚

子年五十兩之借字返來又大叅尹處極道盛軒感激之意無似
為報其賬三月一索四月一索各兩皆收到故謝程特厚
月半道場于十一日起十三日散祖母除祥大約在九月初間或中
旬 六兄今年若歸則不如早秋時也 季洪完娶定期十月
初二日陳俯兄云 大兄有信云常有思歸之意此亦窘迫之常情
然以南北往家事務情形之窘迫樣樣 大兄必不能歸不如將此
念頭息了為好等意有言勸 兩兄以 大兄之思歸尚為 六兄亦
思歸以六兄之不思歸尚為 大兄之思歸則各得其宜而有以安
堂上大人之心矣未審尊意為何如草此直達即問 福安惟心照 國彥叩稟
七月十八日

今年湖南水災之甚，從前無可比倫。四月瀏陽大水，溺死數多。五月常德大水，下直至沅陽州，溺人最多，臭氣聞二百餘里。六月安化益陽大水，淹城內二三丈，溺人無數，安邑來府試者僅二百人，極言傷心慘目之狀，此實天地間一大劫數也。

惲太尊移三下年春委之益看災賑難，移四考試另委一別太尊（字筠礎 名址璜）代考，惲于十四下午往曲署晤季洪，蘇到亦常至劉公館一見，惲處則未敢往招也。既非惲考相，可以不去見他。

吳鏡雲拔貢（與宋之子）可舉弟兩得矣。

又謝力夫丁母艱。

廿八日 澄弟又及

汏大兄大人左右十二夜接到七月廿一日所發一信具悉奈屬平安及
六兄大人近狀善佳榮懷適以早考拔弟因科考正場取第五又以
堂上老人有命及諸友慫恿弟不自揣謭陋遽赴試僅妥帖完
卷而已寫作均不佳也十四日又考一場共去投名費亦四千餘文十六
日揭曉吳光廻正拔先霖備拔弟雖於場考而看十分不願意
要其舉去者不過嘗艱苦領趣味也學友不能揭曉之分不勝快
暢之至蓋悵恐陪吳錢雲斗謝粟夫兄弟於七月間丁內艱摩
屢以須而不獲一戰命也夫弟等在省城發信數次未審均收到否府
考案發亦有信來學政于七月廿七日考古弟亦與考廿八日考府學
長善陰湘潭卅日考茶攸益鄉寧醴安弟獲府堂字號坐蓋無家

吴不弔靈歸者是日發古案我孫取吴光煥及霧雲初二日考茶鄉安
新生補三日發老生案我孫吴光煥第一弟第五前只一附生弟式六可補
補四日發新生案季弟竟未得進學殊前列僅進二人都由彭鐵進
之（弟）二子獲售此生天分甚高而家中之窘迫更甚于其兄入學之時
今年兄弟俱教書得進學而生計較活（甚）彼等甚有信望之進存
卒其中季洪務未進學而胸懷含羞牢騷常自愧者具不佳又
常以一家之持盈保泰為念謂（因）進學不易也而一家料之盛不可
太殃稍為壓抑小則可為一己之學力大則可為一家蓄元氣此數
語甚有道理弟不勝欣喜老筠及霞兄均進孫之初五日老生覆試弟
進場後而族內同伴未進試者均挂帆歸去季弟尚留存此蓋以家中

盼。附送弟考拔也。十二日考長沙完棚，十三、十四兩日考拔，十五日覆試長善，十六日揭曉，令新生大覆試，明日頒獎賞謁 聖，弟亦與季偕，明下午即買舟歸里。十五日家中遣人來接仲兄信，知堂上各位老人均極康健（其信呈閱。仲兄一團懇懃，時亦乃拔貢）。仲兄前次信與寄來所自府摺京信內大兄信二件，六兄信二件，均屢誦再四，懷不能扶翊飛來與兩兄一談道理，中有所懷而不能徑遂直達，如此苦衷，誰復諒之。弟在省城自檢不甚嚴，而大善逞之，可歎不敢為可告兩兄者，惟此寧自計此生變病有四字誤錯盡了，四字該何年忘。年恒是近，故勇往則不足，謹慎則有餘。前頭已往者廿四年矣，後此

惟來書甚復答何愧讓自持守使吾身不至於困決裂即可以上對

父母耳　兩兄識力過人而又用功于學問固將期至于古之賢豪（言之）

傑也然弟亦常有近獻者要能之勉推獻於大兄者有二字曰誠曰

直誠則（近）自家庭遠及民物無不感孚直則人皆曲諒其衷而畏（生）其嚴

憚之心獻于六兄者亦有二言曰敬曰順敬則心不驕矜而身不放蕩

順于內則意見之私皆泯順于外則傲岸之氣悉平以之接人恩不覺其

和悅可親也以之處事無不曲當于理也願兩兄時時以弟言留意而更進

於大事六兄家亦以撲舉業之法甚有道理評伸之明日即推理矣百

弟未捡捨諸閱摺矣明早即行匆匆草此未及詳也即問

兩兄大人福安并祈珍重自愛保身如玉不宣惟心照

國藩叩上

六月十七日

十一月十二日接

大兄六兄大人左右敬啟者十五日接到　兄八月十六日所發一信知

京寓大小平安欣慰之至弟此自前月廿二發信後未及寄書嗣後

家中老幼清吉

祖父大人日見日好　父母二大人精神健甚　拜父母二

大人康健如常孫俱以次順平各親族家皆好承江岷兄

所寄虎骨本月初一即請吳五爺來我家熬膠約四

日熬成其膠甚好服之亦頗有效驗現在精神甚不疲倦

顏面紅潤昨請福安表叔來診脈云服虎膠亦宜備

久久服之，能舉動方便，則如天之福也。祖母大祥，昨已做佛會五天，可謂百事整齊。十四日起佛會，共和尚廿頭，禾坪先兩日已打廠，十四、十五兩均下雨，十六日（大晴）正齋，來客甚多，內外有四十餘席（席面是洋菜、海帶、仙米、香信），各親戚家皆來，歐陽家抬金一架，百六哥在此吃酒（仍外一桂圓），凡來送情者只受箔不受，仍發包封。十七日（晴）又有廿席（席面同十六日）。十八日（大晴）數族間在此送情者均請是日（十六日）復來吃酒，送箔上山，又有廿餘席（席面略差）。家中備正庫箔二百四只，合人情箔有八百五六十只，紙紥亦甚偉，面金銀山有

五六对金银扇有七八对王待聘与德八爷做清查亦甚清白王
良五做嚴搗 林大人設拜 罗光交服厨房内外一切事情
祖大人面前日裏則李洪一人侍左右夜间則 父大人一人侍奉
亦則在清查房交服人情及零星事而已十八耙謝妝十九早齋暈
共十席上午打叢般若去打叢鈴及唸經拜懺以及數目賞封及共六
廿七千文有奇又撥金一架谷一石貳斗米貳斗 此次五日道場約
共用錢壹佰貳拾千文甚偉面甚鬆脊 二姐于十三日回 特李洪喜
至後乃歸 三姑亦于是日來 廿日歸 大姐有喜 大約九十月之交可

分娩是以未回家秀妹子則來了亦待喜事後乃回去李洪新房
一宇用酒房屋六兄房亦擬（準）閒妹丈房間歸茶堂鄧家嫁妝
已包于我家做就排辦擱千文亦今日在外接女客出止接二次之滿
太母西沖十壽也（沪于外子）母娘如福二正酒福三陪酒兩日均係請客每日不
過廿餘席（唐面 蟶杆 鈸魚 海帶 仙米）酬酌行之不奢不儉而已明年甲五讀書
堂上大人擬請請老老福安來妹教讀外附王家三個外甥俸金總在廿千
內外昨日已已與老老面說矣李洪大半在家塾亦或在家塾或往岳樹嚴現當
未曾須看 堂上大人意旨何如耳——如果

祖大人康健如常則岳麓之行可決矣紀澤大排行係丙字第

一李家姻事 堂上大人云隨兄自作主張 父親 叔父吩咐

六兄云今秋冬若歸則須覓好伴同行路上宜見急切勿遲

延至臘底也若實在不願意歸則留京用功舉業以圖明

年北闈中式不可拋荒制藝并望此後按月寄文數首歸家

又囑 大兄云宜節勞宜保養身體因日間事情太多未及寫

信坡云云明日特着彭四晉省送信來無暇所寄什物草此直達即問

兩位老兄大人福安 惟心照不盡 九月廿二夜四枝塘國荃草呈

十二月初六 紀澤 國荃謹啓

六兄

大兄大人左右 昨在省接到第十四號家信係九月十二日所發者欣
悉京寓平安 兄及 大嫂兩位姪兒四姪女均如常無任歡躍十
三日遣彭四送信一件至省城託陳岱翁轉寄計此時可以達覽內
寫家中事及為
祖母大人作道場事宜瑣且詳嗣後家中人安善以喜期在近雜務滋紛
木工土工每日十數人搬擡無暇晷以飯屋膳作酒房以酒房膳作
季洪新房南向開一窗々外之板屋則概拆焉簷上撤一大孔取

光以入房中東向之隅舊有一门今實之焉以石灰粉其四壁房内光
彩奪目樓门則開于東隅床則在西隅背飯屋而架焉　六兒之房
舊頗黑暗而爐子亦危又看一倉入穀出穀门口頗屬衝煩疲難今已
將爐子屋間一退堂子砌磚牆填其爐粉其壁安其樓板北向往橫
屋之门改而為窗先有一窗添一窗更覺敞光彩其規模一與正房
無異先開之房仍可以作客房女眷們須便用之屋則在石柱屋之
南隅外另配一間但自窗東頭至西頭之遠在半路上須打一窦也
凡此糙屋之事皆于九月晦日告竣初一日上午母同妹來即陪[illegible]

下午即發轎往鄧家取親彩轎一乘一肆傘一把拾盒一架初十日

午時親到送親轎男女各二乘拾盒二擡嫁粧先已在郡家做就修

容後即廟見季洪服　御賜父親大人衣服襪鞋新婦隨

父母二大人後告　祖是日共席廿七八席蟶扦銀魚蝦米豆腸條請客額外添

得多亮皆先生亦在此吃酒初三日請酒有客廿七八席蟶扦銀魚仙米海帶

初四日賓客皆歸自前月底至初十日天氣晴和家中喜事務一切

清清楚楚有條有理約計用錢壹百二十千文剋下

祖父大人如常精神健爽顏面光潤脉亦和緩常服麻膝麗麗附塊熟地枸杞

等藥如此調養三五年內斷可無虞，但求其不別生他病而已。高麗參
祖父服之體氣甚相宜，前存任梅圃處所寄歸之四兩現已無多，今冬如
有妙便想又有寄歸也。
父母二大人身體康健，外政則父親持之，事無鉅細必躬親之，時無早晚致之
不少暇；內則母親持之，營辦饋議酒食之婦皆聽命而已。
叔父母二大人體氣如常，叔母舊病微發，然亦不過多言笑而已，無他病也。
其餘眷口俱平安，孫婦體甚高大，依大爺看光景將來必能[illegible]
堂上歡現已能喂　祖大人飯矣　祖大人說得一季孫歸，喂飯亦覺笑容

可憫也　紀梁讀書今冬延於福安表妹課讀初八日起館外附王家三外甥及笑四孫子子孫多柏尤佳八爺大約要來其餘一概不收恐當壞子弟也僕全家中出十二千王家外甥各二千柏尤四千佳八可四五千　紀梁性分殊不甚高而亦不拙頗好讀每每篇書高聲朗誦不亟于熟不少休間講字義解及古人姓名都能記深處可喜七十姪女現亦在館中朝去暮歸擬明年讀完四書及小四書即學紡績女紅王家三外甥亦很可以讀蘭妹昨初八日寅時得生一子母子俱平安二姊于初九下午備待聘聯　四兄訓教前器沈着一點　四兄已薦滬西永市學生意大約冬間可去其餘各叔[illegible]

皆將江西十舅母于八月底來我家昨初六日歸意蓋欲於兩百館
子會要邀科家檢兩會而尚有七會丗女系好準何能成此會科家亦
未答應他朱府一姊丈昨兩次均未來因其父與兄弟已分晰渠搬家至栗樂
貴去不得閒來也昨陽牧雲在此吃酒云渠家大小平安滄丈今冬即入蓮
湖講學渠亦辦伏案用功爲明年考拔計衡陽拔貢牧雲大約可坐得
此李仙九丈不復任府事去四日即送至陽家去勞辛苦屢討要不當亦
服為來掃刻想亦不出本月下未明年行止尚無定局今冬大約在
祖大人膝前侍服勞之役而已不能讀書也承

六兄所示陳字道理確有見解敬佩敬佩無時不寫信所以為此字者特就
兄目前所處之境而言之耳未嘗統論之也敬也者敬身也順也者順兄也
敬身則不作無益害有益順兄則兄弟和睦患難相助當以順為法
身處安安之境其不流于惰者幾希矣頃晤手示展誦再四知 兄近來讀書確有一段
有得但據查精神以圖近取內光景溢于楮墨間非復昨歲及今春
夏時所寫歸之信眼力有神不淺吾兄以為然乎否乎又 父大人命 兄
留京總以習業為要也 兄下次寫信回現在工夫是如何用法萬不可
拋棄制藝按月作文數首詩數首即于信內寫帰評改又命

大兄總以節勞保養身體為要慎重保養庶幾可不傷痛癬瘡不發家中
老人亦時時繫念者也此不可不知也李常二家姻事隨兄自作主張李親
家院情甚老則常家亦好只難覓家亦甚遠是鄭府仙說媒亦妥當
今日因家中有客 父大人未及寫信故將姪女今冬方去覓婿否
敢出門日日在家中 祖大人前使可以投以手諭現已檢去八佰
暇間可以歸省寓中此已就鳴矣餘不備次請姪一以照恭請
六大兄大人福安并祝賀
大兄大人壽禧
國彥謹稟
十月十一日

十月十八稚弟國荃謹啟

大六兄大人左右日昨時陳岱雲太守遣呈貴信來并
兄在勞辛指歷訪受所寄衣包一個內計十件均如數收到
十四日午後有郵鄉報人來抄九月十九日
上諭一紙欣悉兄蒙
恩陞授稽察中書科事務堂上各位老人不勝懽
慰弟輩喜極雀躍自去歲六月陞閣學以來距今

茲一年餘矣忽得一報人到家中熱鬧一翻以豫重
闈歡靡不笑容可掬也十二日寄信一件着彭四送至
縣城託蕭年鴻寄來信內寫家中壹事及
堂上大人安康頗詳悉大抵十一月初旬可到刻下
家中清吉各位老人 健甚季仙翁西[illegible]府尊書已
送陽家託其轉投郡署報人現當來京歸因附
官家信未接到不便開銷耗大約不過十餘金可以也

季弟現已捨去入館日則在館讀書暮時伺候
祖大人睡後仍畧看書裡則在家中宿　四兄自
五月後未出門凡百事情俱係僅老實料理家
中昨十一日失去耕牛一条十五日乃查得在大坪王
佃之佃七日十三公庄屋窜了實係王長二陳白九等
在高嵋峯上窃去十二粒即教此輩賊確要
寃辦以端風化　四兄又須往縣走一遭在縣中人陆續

有信來今年在家在省甚寄信十餘次未審俱收到
否下次信細行示知爲幸並因陳家專足之便擬兌
草此不甚詳耳即請
兩兄大人福安恭賀
大兄大人陞官之喜
大嫂夫人坤安　姪兒姪女近好　荃謹稟　十八夜四更
前次信封內有酒藥乞買之爲　家中事務太多慌亦有
信餘俱不暇及寫也

大兄六兄大人左右自十月初間後家中發信數次邯鄲報來且一月
而尚未得家書不勝懸念昨接張待呼信懊惱之至此輩小人不安分
至於如此其中情弊想荊七不能無過焉茲特將此信寄來祈我
兩兄調停處之可耳前陽牧雲兄至我家道喜有信一件執照一紙寄
大兄茲將信寄來執照俟另覓妥便再寄弟自省歸後至今未見書為
何物又未攜管每自思之愧悚交集明年出處現尚未定須看來春光
景何如耳八月廿三日發信一件不審達覽否有便南旋望寄阿膠與
母親大人為要匆匆草此順問
福安惟希 心照 十一月初十夜國荃呈

十二月初九程國荃謹啟

大兄大人左右前月得手書藉悉一切 六兄已東粵南旋計 此時可
到家而尚無音耗途中想當平善不勝縈懷自前次發信後
堂上老人皆康健如常昨初七日寅初二刻仲兄生一子母子均平
安初八日蘭姊歸是日程崑崗妹祖等在我家書契將先年所
當竹山灣田山屋宇售與我家價錢共陸百肆十千文當價已交
伍百一十四千今只要我壹百二十六千俗所謂添丁進氣業一家之喜
氣此恰得之矣明日特遣人接 六兄及所寄銀項略呈數語餘詳
神兄信中不贅述也恭請
福安惟心照不莊 國荃草呈 稱名在案

長兄大人左右接讀正月十一日所發第一號家信欣悉京寓平安為慰又閱紀澤姪四言詩章居然清順成句悟性遠過記性可喜之至此歲入春以來家中老幼安好惟弟於二月初間傷風數日即愈

祖父大人於正月底偶染風寒身體違和飲食畧減二月初七日請葛灃六爺診治十三日承永丰譚庸方八爺送鹿葺四錢一分次日即服少許後數日陸續服完甚有效驗十八九兩日日見日好大約春季必可復元 父母二大人康健如常 叔父大人安康 叔母之毒亦將全愈內子已報最正月廿日酉時生一男也恭請

福安 國荃手 十七夜

十七夜寓信一片十八日報人來知吾
兄於正月廿二日蒙
聖恩陞授禮部右侍郎無量歡欣今年大省學政可
坐而得也且此後遇
覃恩 堂上兩世皆受一品之封而 妹丈亦受貤
封何感如之弟每思之不覺喜懼無既耳恭頌
陞安諸惟 心鑒不宣 國荃手草 廿三和

四兄寫至此因月塘坵買田恆早子坪之田並程告契請作中去了爸和
即接寫之現今家中人安善
祖大人棄養後 父親 母親 叔父各大人容顏毀已極弟輩不時勸解稍
紓容悅明日未時已一月矣今日 母大人壽辰亦有客二三席
父母二大人均甚健康惟月內事務太繁不勝勞苦耳現已過
吊客八百餘人 要轎者八十餘人成服後即發孝衣白已用布稱
三百丈白細廿餘疋道場事漸漸辦有將來用錢不過百二三十千 葬期已定葬
地則木斗沖與八斗沖尚未定決耳 八斗沖之地先時甚為欣羨、
父叔之意尚須待易叔父一決 祖大人在生之意後亦未必拘要
定葬木斗沖此等大事為子孫者不得不慎重也如今家中

局勢祇求附身附榜必識為代年悔于後耳一切費事概從
儉約一還不過大局面可以下得去而已此從未嘗作一事用
一錢求附于倖而奮華也昨在縣城有一李家來作買樓
兄九月廿二日所發之信得悉切為懸念末八月所有所發一行
時八字錯寫七字四兄由陸行歸弟與六兄次日由舟行歸到
郭云仙丁內艱信內云寄及大約未到界郭寄商計閣與六兄
因與李竹屋同寓竹屋受拜彭小房羅山來吏部敬公寓藍湖約
然情無人用外九月作文場內文章到家後以未寄信紙未寄榜

後別又以下葉之文不必寫好未呈　閱　明春有人南旋

母大人要東阿真膠二三斤此寫回於因明日縣城寄歸之便

特草數語奉達餘俟續稟即請

近好請轉

心照

十月初三燈園先草

四兄之信係今上午寄的

大兄大人侍右前月七日接到正月九日
手諭蒙示以養痾之源欽佩欽佩昨接
二月十四日所發家信知去歲所議停止日
講今復行矣喜甚慶甚京寓自
老兄內外均以次平安以欣以慰辰下

堂上四位老人均極康健其餘眷口皆好
弟自去年十月初四起以保身不著枕
痛四月有奇上貽
二親大人憂今已復元一切眠食諸如舊寺日
嗣後總知保養自愛改過遷善伏維
老兄大人放心餘俟下次詳禀

三月十一日
國荃手草

弟國荃謹啓
大兄大人中外福安日來未得
手書不勝懸念昨夜二更接 六兄信又弄出
一新〻奇事良可浩歎惟願合家側身修行持
盈保泰挽回一家氣運耳弟恙已經全愈今日
隨 叔父至丹閣叔家吃祭祀酒萬望
老兄不必繫懷草呈數語餘俟下次詳稟恭叩
福安伏惟 心照
五月廿三夜 荃弟手草

弟國荃謹啓

大兄大人左右 昨日接到六月十四日所發第十一号 手書欣悉寓

中平順為慰 家中自閏月來發信三次皆係專足自家送至陳

宅者不審何以未到 頃遣人至從兄處查問 渠已命下人更查矣

正月之信 昨到省時即問胥辛五 渠至提塘訊王二 王二云實係交

周維新 明日擬令胥找王二問周 如周認承則詢其究竟 如周不

承則擬將王二究責 庶幾以後不至失落信件耳 寄信之難如此

都六月初一日京中所發之信 弟等於廿四日在縣接到 四月在省

陳二君處所寄衣服補服銀兩麗參鹿膠等物於中六月中旬均已收到惟四月信內云銀有七十三兩昨接得將原封拆開過家中（內有本年半年紙米十二兩）錢平衹六十三兩（六大定一小定是皆寄項此將原封專差送至渠家）數目與信內不符大抵事務紛煩寫信時將六字誤為七字耳 弟等未省時

祖父大人體色精神俱尚平順惟動移須服事頗亦不易

父親
叔父二大人康健如常 兄寄補服頂帶云明年遇

覃恩即 貤封 叔父母 叔父不勝歡欣之至感激之至（弟思既寄補服頂子宜寄朝珠二挂）

母親大人勤儉如常體亦豐肥今夏感暑下體皮膚微有熱毒今歲六

十有五矣正吾輩一懼一喜之時也前次有五十餘天未接 兄信不
勝繫懷常常祝禱 神明保祈佑 兄體 兄此後益宜珍重保養以
曲體 慈父母之縈懷 母親云有人南歸時寄 頭號底針子十個
貳號底針子四十個
叔母大人自正月來頭上生毒五六個月間乃全愈現今身體安好
叔大人云有便時多寄服藥膏藥以便施行蓋此物在吾鄉家靈驗也
父大人有手書寄 兄有二事來商命卷商云紀澤宜姻隨 兄自作主
張 堂上大人歡喜慶成而已今歲年事頗難措辦餽贈親族之項
望早寄回以便換期照單送去若回太遲無處可換銀家中多

鈞先代也去年所寄之項十二月底乃到家粮戶唐已歸故未換家中尚有鈞係秦福之寄存在不即照單送清共銀即今年代本房完上忙用去弟自正月後未曾寫信寄呈上半年終日忽度日未曾用功僅作文數首六兄作文十餘首根柢深厚欽才就範今科想應可望弟於端午後思稍自振奮為揣摩之學不十餘日即有病後成淋濁服藥幾廿帖至六月十七八間乃稍愈廿六日隨 六兄起程來省二十八日乃到寓宗聖廟與曾芸舫二人起火所遇之境年歲豐稔特登矣惟潭州市中及省垣城內外災民餓遍死相藉殊為可憐耳目下一切食用較去年貴二倍其價吾鄉自春夏至六月廿光景亦

甚非太平氣象　前數次信　四兄已詳言之　下次當接對　弟不復述　家

中買細茶十餘斤　二伯祖母八叔父共付白文布六丈細茶五斤　彭福

安先生付朱紅細布一丈白布一丈　陽牧雲兄云有白蓮一斗有便即行

寄來　什物太多　公車恐不便帶　武陳係雲雯　武廣西主考歸途此

兩雯皆可分寄陽滄溟丈　貢照及陳旭亭之照　皆由陳係雲雯手封

寄的　陳云已寄來　不審月內接到否　明年蓮湖一席仍係滄溟丈

主講　已下聘矣　牧雲已來省　昨枉借宿弟寓　弟屬其寓信來須接係雲

片云　相失行甚急　須下次方有信也　兄述來

聖眷益隆未得主差是必留 兄八月放學政也差之放與否在 兄固毫不以此為重輕而以 堂上之屬望家中之景況與夫親族之窮且苦而待分潤者則常之盼望焉 兄若得學差則家中不更優裕親族不亦得霑餘惠乎 弟刻下毫無他妄想惟求在闈中無病能完卷足矣李竹厓兄尚留省垣馮樹堂兄自粵東歸現住家中八月初當可面晤郭雲仙兄尚未來省去年之經解一部擬即作書取還書不詳盡俟後續啓即問

差安惟 心照不莊并問姪女兒近好 國荃草呈 七月初八日

大兄大人左右前月接讀手書欣審一是所上封章蒙
聖主優容頗逾尋常直臣奏摺可知前三次奏章必共甚邀
宸賞足以動
聖人之心而此後之相繫為更深也凡讀此稿者莫不起敬起畏
御之如景星慶雲矣六月以來兼署刑部事務繁極伏祈
珍重保養弟自六月奉簡新從起程來省廿七到寓京邸
廟廿九日赴科考初二發案中取十條名內蓋自去年歲試後即

不枉管看書以至於今日得此已足爲幸也黎洪於書院頗用
功而仍不免於錄遺可怪之至也自五月來已經全念但不能
用心而頭顱之仟不間時刻耳近來酷暑頗不能耐而疏懶
之性更異疊時現今則孟容同住廟內朝夕相親快論議
論羅之爲亦不時顧問兄弟三人頗有樂趣十二日丹淵妹來矣
遺家中平善惟
母親大人體氣虛弱近日時覺頭暈旋服補藥即愈

父大人益見安康今年以糧餉事常在縣城永豐未免繁苦
叔父母二大人體氣如常修俟順適陽牧雲現尚未到省以其看
科第故其來頗遲也霞兄去冬有信致 老兄云渠老伯及
伯母今年六十雙壽意欲求 兄作壽文不審此信到否屬弟問及其
文現已欲 六兄代筆矣然渠處亦不可不回信一層也 本等試
場伊等一切事均自知謹慎望
老兄切勿繫懷下次相弁來京再行詳書 恭請
福安伏惟心照并叩 陞喜

七月望日弟國荃手草

大兄大人左右 前次由岱蒼家寄信一件想已收到不接京信又一月矣 在宥
兄景前去已言之甚詳 道場景況亦詳載四兄信中 六兄題墻四藝均有精
光異采想可掄元 弟文不足妥當而已 今早四兄歸已先攜其藁呈
堂上未能騰真呈覽 抱歉之至 六兄與 弟均定於明早登舟與朱堯階
師同行也 牧雲有信一件呈閱 中提及貴恩云云 實早已寄信兄家不需到
如未到
否 煩以書遞信人也 彭十九家之壽屏不解何以未寄來 四兄不便屢次催
迫 男代蒼以信催之理 兄勿再罣之不譏不論之列也 今下午收拾行李如卒之至
勞倦之至 略呈數語 不及詳也 即問 姪安 並候合宅安好 十七夜四更國華呈

大兄大人左右前次接得第八號信藉悉一切欣慰無
任場前寄書一函內有四兄信并
父大人手諭計月內當抵都矣弟輩三人均已勉強畢
場六兄與季弟尚不十分苦而弟則大勞矣蓋因久病初
愈之且不一二月即料理晉場又值酷暑之際初八後即得
熱眼睛病極紅且痛而艱于視以進十六方退八日之間亦良
苦矣三人文字弟與老季不足論矣弟以素不講求今
值科場殊軀益增羸弱用是舉業更荒季以近來頗

畧玩儒先書而不務及舉業且亦非其所好故今歲以來百子
皆大有長進而八股一道則毫無寸進也惟亦只頭場之
藝典雅簡當而更以灑氣行之至于論鍊字鍊句亦不
雅馴既得文章之正宗亦是應試之佳構以弟觀之并推
之於今觀之洵稱必傳之技二三場亦復對題能備條
對詳明畫職如此得與不得固有命然為稱心快意矣讀之
亦無不得者也則霞仙四弟之山及鄭直城周壽珊數君之
作閱均可觀馮樹唐自河南幕館歸在家住一二月昨亦來城

偕劉羅諸君暢談，兩日來學，今日均收拾以妥，賈母柩里
同舟者丹閣於長申一彝蕭軒二哥數君，又兩位表賢
場務均已送清，無味殘之至，謝收拾網多人，今日滿舟
返衡府之場，均有破蓋，沈舟之志文案，歷盡艱辛，實甚可
觀者甚眾，與老兄聚居等閒無事消遣也。來函目
疾尚未全愈，念念。詳述一切，保重為幸，後再將家中近況
詳寄。又家中前備細茶三大簍，報簡一大簍，六月攜
帶省城，買好便而不濟，昨下已發，擬另寄，御云九月初

閣例伏澗供職計到家總不出十月也目下得茶筍等
項存於余星臺翁雲樵翁行時致往余家去取想不
至於遺失也前月何部椿明府自蜀定寓得消云為
三三伯銀要向我家八百至家討此已往湘找仲兄去
究矣下次有信詳復行意匆匆不盡所言恭叩
大兄大人福安并問
長嫂夫人 賢姪兒均好并詢
姪女
甲山賢姪 讀書進境

八月十八國荃手草

國荃謹啓

大兄大人左右昨夜接讀八月十一日所發手書得知

京寓大小平安　兄於初二日蒙

聖恩高厚兼攝少司馬之職曷任歡欣曷任禱祝弟等

前月十九在省歸十八日發信一件不知接到否廿八又

專足送信至省託陳家寄來計此時又可到京月

三初七使歸云初五日放榜兄弟三人皆落孫山之外

大人 堂上期望之殷日來在家未免寂寞幸

兄萬罷兵鄰〻往西為家中熱鬧一番良樹〻〻

來書責我之言 弟深任咎迩時寫信殊草率

未經核點其實多他心可 皇清經解一部

六兄在湘潭已函請李城之鄉試時定教老三

常來後因蒻仙兄來應太數未來觀兄跋書亦
未來茲已有作去今無空可兩日緣此書之兩所
以董蒻仙手者一冊那賣也二冊巨可借也像那請
獨閱一遍看錯誤耳那即不肯何至於賣書
何至於賣富中所無之書又何至賣與蒻仙自
彰其鄙吝既賣矣又何不假蒻仙一多俯再四思維
不特很違以自信讀兄亦嘗借讀來書云行間跋語

兄諒我也刻下家中景況四弟信中言之最詳
弟不復贅弟等今冬及姻戚俱讀書利見想
兄弟數人亦甚相安無煩我　兄掛懷心中
萬緒書者什一即請
福安并道
大喜

九月廿七夜國藩手草

弟國荃敬啓

長兄大人侍安、屢次接讀　教言、展誦之餘、不啻當年侍立几席之旁也。弟等學不加進、重煩我

老兄數千里之憂、撫躬以思、慚悚無地。而每得　手書、獨於我孱弱之軀、輒多寬恕之詞、愛我何其深且遠耶。前次　四兄在縣城寄信數次、弟俱未及稟呈、疎懶之咎、固難辭焉。比歲秋試歸後、方將整理舊業、而雜務紛冗、竟無伏案之日。四兄已於月之初九日移居腰里庄屋、季弟則於十六日起館、攜　梁姪讀書、今

冬家中雜務六兄及弟自當盡服勞之職焉明年弟意仍住
利見齋一則近依 堂上老人可以常侍膝下一則四兄季弟
稍隔家居弟亦宜照管事務無事時則專坐齋中看書閒亦
旁騖舉業耳 六兄有志納寵大約明春可行喜事讀書行止
大半亦在家塾連年挫折英氣大減不惟功名一途不遂其意
每有舉動無不齟齬良不可解 季弟近來頗在身體上用功
明年教書必有大益既有學生便當謹言慎動而使之知敬知畏
束縛既久漸乃習以為常矣前在省城交茶葉三簍報筍一簍與

黎月翁侍御寄余星堂家云九月北上即代為帶來不審此際
已抵都門否月翁素性大方并不審一一捨捨否良深懸念目下
邑中公事已有成功石麹先生實有愛民之心行此愛民之事
父親大人費力不少然造福於一邑亦不少匪惟造福實早消禍於
未萌焉家中人均安善　叔父　叔母體氣如常
母親大人精神健爽管理內政事事猶能周密每接京信常道及明
年若有銀錢猶能就養京師茲因來省有便草此呈閱恭請
福安伏惟　心照并閱　長嫂夫人坤安　姪兒女近好　十一月十二夜三更呈

長兄大人左右前得 手諭、藉悉一切喜慰之至、十月所呈之信諒已收到、近來家中人安善、四兄移居新屋、而來請安於堂上者寂寥 母親大人亦頗覺相安、然每於兒孫上膝裏時亦頗深愛憐之情也、

父親大人自十月廿二日到縣、邑侯朱石翹先生、以南灣事讓更其局、路邑人有不服約束者、陞留 大人住城、時相侍奉、一則圓轉調停、一則坐鎮彈壓、今已什得八九矣、可謂全美之至、明日著人接父大人歸、十一日可到家也、 妹大人身體康健。 妹母大人在羅家吃添、

明春乃回來，與六兄常常在家，亦間應雜事，讀書之時甚少也。七兄近歡納寵，事尚未諧。弟未觀其意，似乎亟須成此事方好，否則意有專注，不暇及他務矣。弟現今無筆寫字，意欲求 老兄俯賜數支，明歲春間寄回為禱。明年鄉試，大半不能登賢書，意欲考優貢，如果能得，則可以來京，仍依函丈，豈非生平盛事？今日之老流似乎亦當日之皮氣也。若不得優，則心圖上進，總要中舉來京，師與吾老兄常常聚首耳。京寓宅內西賓院叔眉山先生，代之者何人？甲三從天分較高，弟意頗 老兄仍教他兼讀八股，且需開首做半篇，蓋近來讀書甚病才高者，往往不就範圍，以八股之法範之，庶幾更易於成就。如猶與學聖賢為偉人，不局於小成小就，則不做八股工夫僅可，而學八股工夫亦斷無礙于正業也。本朝湯文正、陸清獻、方望溪諸大儒，學問事功業炳著，而觀其所作八股，固是理解透，識見大，而於其文律亦無不精且細也。 老兄教甲龍法則本極正大，極好，藉微寓以父大人當日教 老兄兼教八股，於其中則更行之久遠矣。鄙意如此，詞不甚達其意，卻實見得如此好耳。 老兄大人尊遵行為幸。兄與賀家成姻之事，據則君霞仙、羅君羅山云其女子極是有厚福相，均極力贊成之。二君子者吾邑偉人也，心術本正，學術極純，年來尤好學不倦，良可欽佩。

弟每見二君，不覺敬畏忽生，向時所有毛病又要收拾好得幾日也。可見，老兄近來為純儒學問，為純臣事業，其得力極二三良友者亦不少耳。弟壬寅年在京大病，曾許《關聖帝君覺世經》五百張，後出京太忙，未酬完。兄所刊之板，尚存會文堂，伏懇捐貲印成，燭西為弟。去歲冬大病，又叩許《文昌陰騭文》、《太上感應篇》，伏求代請歷眉山先生寫就（用大卷格式，每板六行，廿四个一頁，係十二行），刷春雲田為壽。弟明知果報之說，非君子所尚，亦非吾輩所應存，然既已許之，又不得不設法酬完之，以神則不可欺，即吾心不可欺耳。即覺安經五百頁，不知花爾若干紙謄、月差點一件綿衣與阿弟多矣。陰騭文、感應篇、或去法、到省市國備費刊刻、印送，不費分文。想

老兄有命者，山先生如慨然許之、三項及筆、均照瑞節，荷優寄四首詩、亦近來身體頗好、但自病後、心與力俱不能勞苦、微有勞苦、則難自支持、務以極自保養、間或用功、亦不過略看正書、閑看書、身不使之太壞耳。接兄草此、張某偏頗、須俟續寄、即請

長兄大人
長嫂夫人金安。并問

兩侄賢姪　吾侄姪女均好。恭叩

年禧

十二月初八夜三更弟國荃手草於家中房內樓上

五

弟國荃謹啓叩

長兄大嫂夫人新喜福安去腊緘寄一書詳告近事計此時可以達覽

嗣後年事忙冗料理之餘遂無暇晷看書開春四日得生一子

辰初分娩辰正二刻即生頗為快便但日來妻婦之役頗難當

差初六日起龍初七日晋黄金堂宅内賀澄老官對媳婦初八日

在家中耍一天共客十六席陽牧雲與焉是夜與渠談及進京之

意渠因家計窘迫意欲得大力薦剡稍豐館穀以安家室又因

兄妹遠離多年急思一見所以弟初意勸其楊後啓行旋以京寓宅

内少人帮忙不惟不阻且勸駕焉大約本月下旬動身資斧已有四十餘金帶曾厨子為僕想三四月之交可到 弟今年讀書不能晉省城即在利見齋否則與季弟為鄰也省城讀書有劉孟容羅〻山兩君切磋其益未免不多但用費大半年竟未易辦耳離家太近雜務難免相擾今年既係科塲不能不習舉業總之須得一靜處更合意前書求 兄寄筆及各事均望 留意為禱其餘一切

叔父及諸兄弟信言之甚詳不多瀆也餘俟下次稟呈即請

父親

福安并問 姪兒姪女新好 甲山賢姪讀書長進 二年正月十日國荃手呈

又問黎月樵侍御到京否茶葉三簍報第一簍均收到否望賜回音

長兄大人左右：正月遣足至省寄信一件，計此時諒已抵都門矣。後接十二月中旬所發之信，知寓中眷口平安。甲山二信，書法既佳，文理亦大順，無量喜慰。而於賀家結姻，一定啟事，真佳兒佳婦之慶也。廿四日弟以堂上命來省讀書，在縣接到廿二日所發之信，并奏陳民間疾苦二疏，事事皆能言其大者遠者，而非若他人之毛舉細故，蓋其得行，億萬蒼生之福矣。此疏規去歲陳聖德疏，更覺和平婉轉，諒能動聖人之聽而感聖人之心也。前書言弟輩寄信來京，儘可規勸老兄過失，展誦之餘，仰見近來為學日益精細，着實憧然不敢自足之虛衷，是以風示一時，而謬來蕘夫。弟輩無學無識，老兄猶復下問若此，其有百倍於吾輩之善而能者，有不真心好之如渴者乎。弟出

且十年、無資識解、亦無進步、惟此愛慕從善之心、尚堪自問他無所長也、如有[illegible]時
老兄之教、或者其有進乎、自從別後、老兄篤志為學、敦義夾持、亦既有年、為友朋所信
朝廷新政、言路宏開、老兄疊進數疏、原原本本、有體有用、中外莫不推尊為純儒名臣、
大段如此、豈復當有顯然過失、令人疵議、但隱微幽獨之際、屋漏衾影之間、發一念必辨
夫天理人欲、行一事必察夫義利公私、則學問更精密、正氣勝則邪氣不能乘隙而入、
義理執權、而血氣不能用事矣、若暗處之室、稍為放倒、則所行之事、必自負其初心、且大
違乎一時賢人君子屬望而倚重之意也、老兄以為何如、里中舊友如劉君孟容者、可謂
壁立千仞矣、以不得志於有司、而改前業、而務正業學、孜孜不倦、迄今且將十五年、篤信聖賢

賢賢業謹守吾道之規模，竊有所感焉。其好善之誠，如飢之於食，渴之於飲，不啻自己有之，故邑中後進引誘入正道者頗多。羅君羅山自與孟容交後，彼此相觀而摩，正無一時怠懈，其規模識量雖不若孟容，然要皆吾鄉偉人也。老兄夙與孟容交好，不翅膠漆，今出處各自不同，廊廟山林，各行其志，守正不阿，是一也。弟比歲思常與之親暱，渠以就鍾觀察教讀館，將往鍾之故里，而教其四五子焉。孟容近來頗有善氣薰蒸，若與之處，如日坐芝蘭之室。弟思稍自振憤，略為看書以自檢束，而充識解，惜目前不能與之同處耳。羅山仍館賀家甲山。姻事準於月廿一日下定，男媒羅山，女家之媒，則丁伊甫師也。賀親母極賢良，云余家不必辦金銀首飾、手鐲、耳環，但止用縐綾二疋、金花壹果而已、弟因其堅辭、即对羅山云、婚姻之礼、玉帛所以將敬、不可概從簡省、渠与賀吉甫母子商量、後答云全首飾及衣料、儘可不用、但有父大人來省訂庚、則是十分慎重、弟昨日即寄信与 堂上頌 大人早來、一切事皆候父親斟酌、待訂庚後、再將一切儀注詳告、弟昨到省拜劉孟容、并拜鍾覲容、覲容強邀住署中、今六日矣、越二日查案即為西江之行、弟亦且讀書岳麓焉、昨日賀吉甫託弟寄信与 兄云、耦耕丈之傳係 國史館黎公所作、不甚妥愜、且於生平好善之誠、學問人品之正、亦尚未敘及、恐非信史之筆、即求 老兄於史館中、找一位精於文之君子、或筆削舊章、或別立議論、以表彰積德之實遺型、而定千秋之公論、其事實

臚列行狀，可以考也。千萬懇 老兄代為斟酌為禱。蓋亦扶持善人之意耳。去科舉，
有曹君耀湘號曰鏡初，年未及冠，即毅然發奮，特立獨行，恥為八股之學，而專心看
宋儒諸大賢書，其天資絕高，其心術亦醇厚。兄素好才，一見之，必喜而愛之也。但其
體氣素弱，質諸事得 先達垂注一番，引之於正路，慰之以好語，則為學之興益
勃然矣。此孟容、羅山及弟三人，皆愛其識解意趣之高，而工侍峯修足於
大君子之前也。朱石翹明府在縣中一年之間，興利除弊，彰善癉惡，事事能快人意，真
心焉 國家出力，真心愛民如子，誠可佩服。弟窺其為學為治本原，實皆得力於呂
當陸棲林二先生者。弟常謂天下州縣皆如此，三代之治，可復見於今日矣。現在湖南

為民父母者，實稱第一。去歲以費之說，民方愛戴之，暇遽言離歟，又有前往承順侍

夏君名廷樾，係 兄門下夏獻雲刑部小京官之胞姪也。由縣丞升至太守，歷任官聲稔飭，

亦能為百姓分憂，其才具甚大，甚為人也。好善，時復留心人才，宦海之中，未易得者也。

兄爵位日高，聞望甚鉅，閱人多矣，識得善人君子，款接言論，果何如之？然弟竊祝

老兄虛衷樂善，以來天下之賢人，而又留心體察，將來為儲為

朝廷之用，稱職在此，報効在此，盡心亦在此也。 兄向來頗嫌於回人信息不審，近日何如？

若復如此，弟覺此亦是毛病，何也？朋友之道，不外規過勸善，既不能常聚而面敘，則一紙

書書隱寓規勸之意，彼此皆有裨益。況 老兄目前正負山斗之望，為

天子正直之臣、苟其實踐道德、勸一善而善類無不興起、懲一惡而惡途靡不消沮、懷德
畏威、如響斯應、即如同鄉同年之有往來者、及門下士之頗相親密者、或初登仕版
未嘗汩沒、或天資忠厚、有志為好官、而無人助興、忽得 君子韋佩之言、奉為官箴、
遂不覺善念之勃發、惡念之潛消、大凡中人之資、引之於為善之途、則居然善矣、引之於為
惡之域、則居然惡矣、自古至今、未有不如此者也、且擬如今州縣、而得部堂手書、教之愛民、以廣
聖朝之德意、誠不啻為圭臬哉、嗣後此 兄留意為幸、弟鄉僻淺陋、不覺其言之或有
可採、亦未可知耶、賜示為祝、家中之事、各信言之詳矣、老人安康、無時繫念、即請
兄大人 嫂大人福安 姪兒 姪女均好
六月初五日弟國荃手草

去年寄細茶叁簍、報笋一簍、在黎月翁雯甫其帶至京都、昨晤張世兄云、均已帶、
大約今年二三月乃可到、遲延如此可怪也。昨陽牧雲赴粵來京、家中寄細茶
一桶、乾肉干魚雞郡共二桶、二姑娘寄繡花扇袋一个、苧線五斤、統於香莜甫
去冬有信甫寄華甲田菊、萬望早寄、多寄為幸、覺世經印本及勸肴山師
書感應篇及陰騭文乞留意為祝、無厭之求乞有以應之也。羅云皋曹鏡初
各寄書一件、即飭紀送去為荷。頃羅山玖甫
大兄大人書格言八字聯一付見賜、公車上寄回、甫意已應允派。甲山賢姪買
紙一張、殺交 令尊大人書、就寄歸、以為謝媒之禮、當無不可、爲卑不費呵呵
大嘆、下次信來再行詳告、一次此呈 初五夜國荃又草
排山家至今未來謝、西戎送抗綠綢綾料一疋可值平
此次四兄大人無信、因事未省時四兄正適自永丰歸、下次必詳寫信來、千外附聞

八言雨雪宣对联二付

七言雨雪宣对联二付

八言雨雪宣屏幅八塊

七言雨雪宣屏幅八塊

冷金箋小条六塊　一千六百的

今箋寫二付也好

以上五項煩　甲山買好買就紙分送給愛善書名公寫就請落款

少庚行十五即令親賀青甫也　公車歸時即望付回為禱

須至七八千到松竹齋挂九对的帳儘可　此係清銀錢的

宜好之辦就為要之

長兄大人左右今日牧雲姻兄到省適晤聞帆北上因聊寄呈數語
弟於初八日出府署賀吉甫陞遷至渠家住弟因以新借姻婭未便
煩擾而吉甫邀意甚誠弟見其定日期在近一切事務皆須面商故
以權為目前之計而從之焉今數日矣一切積瑣碎之文案弟親其
表籍備室而仰見牧菴之為人非苟安之人直是人也日來與羅
山先生晨夕叙論頗知自主此義當寫專書反覆而從正途追尋
有著力處耳行相告也弟有口信寄牧雲處覽 兄詳詢如以為能
則備呈以為教可耳甲山謝盟一切俱節候
父親大人到省之日即有信由撫弁遞到牧雲行程匆匆未及詳論一切也
順請
長兄大人中外福祉 並問 姪兒 姪女 近好

二月廿三日午刻國荃手草

長兄大人侍右月之初六日發第二號安信詳載一切計當未達昨覽十八日
父親大人到省一路安康家中老人均健粟如常八年來晉省坟各親友叩謁
者幾日不暇給廿一日成下定禮內容三席外客二席魚翅大小兩次燕窩中席五席兩家不過
花費四十餘千我家占半前來信所云首飾裁料皆省了我家只用金花喜果
紅綵綵緞共只錢拾餘千將來合座席費及什物嫁下人等往達費不過陸拾餘
千見儀銀四兩六錢四定此姻一成凡百順遂將來福祿綿延未可限量
父大人喜溢眉宇共有在省一切酬應　父親信內言之甚詳弟未不再贅今年正
月寄回之信弟一人未得讀見是以不能詳復頃閱櫻差即此付因將一切字閱
謄列如左聖曾孫一去年渠廷獻廣文甲午四年交銀八兩與六兄季弟在岳
麓書院托請　誥封其履歷季洪已寄京　兄回信已答應代請不當

已寄回南否也。一則目二名從指 父銜三十二千文在我家。 父親 妹父收用
亦係托信 封者。 兄回信云當渠選缺之日在 寧恩之後不能請今
年有 寧恩必須代請為穩，方不負人之托也。一縣月為發寄來細茶二簍
鄭茀一簍若猶未到必須詳查。兩樣土產 母大人皆親手費經營頗覺得意
少寄些之情味愈多，不可令其遺失也。一前信言承歸省要俟回信
雙親之意恐不欲 兄之假省親而 母親甚有意就養京師。弟等以京城
頗苦而 母大人年亦高，而目前難辦資斧，不敢主張。 父大人意看秋後放
後何如。若弟等有人中舉，或有來京之事亦可，否則不動身也。一羅二為丁伊甫
先師兩人執柯。 兄須作書道謝，羅弟為未及前信道喜，唯屬筆致意。弟與羅
為往已十餘日，知其學問正大篤實，經術湛深，策述西當現青有[illegible]與[illegible]覽係

耆　本朝水利、海國圖志、山川要害，總集各家考據之有憑而最當者，咸為一套（六卷）。每習

冠以總論。又著西銘直解（七八葉字），沖明理一分殊之旨。又有仁達圖說，言理殊清，長之機間不容髮

又有姚江學辨（三卷）。又有人極衍義（某錄言），發明天道人道之理。又有小學類證二卷，條集小學古禮

少儀及明臣新書，俾仔先讓於為易知易由，將來於子童蒙甚能（事）。考其用功之難易

則自道光十二三年起，學問之得力，則做十八九年也。至種情實踐其功，而為徑一表大

用功最深，於其宜易諸華易教人之道，按發微學之極嚴，尤勉令人服仰。至阮(?)

老兄素好善，如渴是以詳告耳。陽牧于十四日在省，渝(?)船來京，此際想已到渝(?)口

渠由渝口坐小車，攜僕行李，輕便到京為快。弟有信在渠手，言及甲三婚讀

書宜並讀近思錄，渠當能詳言之。又託寄對聯一付（有一付係託本部中堂寫的，有一付係本堂自寫的），送少庚姻兄，即甲三姨代

為勸勉為荷。去年曹穀初孝廉來京，少庚託帶紙兩字概交　兄宅，兩想

有以應酬々也、少庚託華送問山理學正宗一本、南中各板出單四時、即寄一部為要、
為禱、今歲將近、酬應想倍多於前、書敬初若來晉謁、匱內如可相容、則延々門內、大
可令甲山姪相觀而善、弟比歲來省卒思憤向學、乃稍為用功、精意漸作、即心悸略
竟不敢努力直前、只得從將俯仰、以俟全愈再行發憤、強行年三十、尚復如此、未嘗
不悔、壬寅秋南旋、々無緣侍々老兄之側也、季洪近來大段甚是、昨得其書、頗見懈
怠之意、望兄寄信隱諷規示、誘掖獎勸、是亦君子教之誨、裁成之道也、罪甚罪甚、翁家
信一封、望轉交、昨見李子彥之兄、云來年進京、僅帶大小十千、未便帶付、幷論以寄之
不審已動身否、見子彥時、可告知他、兄於未及端楷、草草即達
長兄大人 大喜 即問福安 幷賀
家中寄弟之信頗詳、家事亦幷付去呈 閱、又批
長嫂夫人
甲三賢姪大喜 問 各姪兒女近好 二月廿三日 國荃手草

長兄大人左右廿四日發信一件內有仲兄信并
父親手諭具道下定喜事一切光景計日來可以抵都廿九日接二月初十日所發之
信欣悉　老兄於正月二十四日蒙
皇恩調署吏部、吏部主選銓之職、得符其職億兆之望也、且六部已歷其五、
聖眷優渥正未有涯今日　調署刑部者為呂鶴田先生、善類并進尤為有道
氣象昌騰頌禱之至、展下隨
聖駕回京已有數日矣、會試之時酬應頗多部務紛劇所署之部同堂共坐此自
與之商確而周旋者、亦即　昔時封章彈劾之人乎、頗亦其并行不悖則吾人

之器量學問為稔所手硯焉，不亢不卑，无咎无譽。老兄之所以重之者，想不出此

道也。此歲總校、分校不知派何人，袁漱六爺得分校否？馮樹堂兄住宅內可以晨夕聚

談，甚好。曹敬初已住春侍御宅，來見時當必愜意。陽牧雲大約會試榜後可到

京。所携之僕，請兄非熟諳悉。牧雲在道上想必艱苦之至，渠意在納廩監赴北

闈，今歲若能獲雋，亦大足以慰渠遠行之苦。前信敬悉。

送親，越兩日乃旋里。廿四日賀吉甫（卽少耕）家，陪酒極為恭敬，係燕菜席，請丁伊甫師陪

父大人，請陶少雲、錢蘇魁三世兄陪。第少雲言論丰采，均有過人之氣魄，將來竟

未可限量，陶宮保之留貽遠矣。秋闈後卽來京赴部當差。廿五日

父大人見賀親母并見賀小姐（見係繼四兩四下 倍四室）云體極豐腴大是福相將來定為我家
福人可為 老兄 兄嫂預賀也廿六早登舟廿八九定可到甬縣署吏部之喜信在
縣已得覽尤為湊巧弟因青甫母子堅留在此住是以未往書院而侍羅二山先生
雅論適符平生素願特以去歲病後至今雖以用心偶尔思索舊病即乘間而來
竟不敢勇猛向前做玄深為悔恨近日服高易旭堂（雲亭之侄）之藥方據云係陰陽兩虛
氣血不和宜多服補劑及膠鹿茸等項弟思蘋尔寒儒鹿茸豈可多得況
茸乎現今服者杞蒼紫湯等藥近夏間陽氣旺盛當自全愈旭堂之為人甚好
務正學兼理醫業術既精而又慎重不苟品行端方亦湘鄉幫人可擬而極也剛

藎容羅ゝ苑鄭伯琛ゝ君子所器重伯琛先人葬事屢誤ゝ後昨乃就正于旭曇姑定
宅穴其地係在甯鄉縣於三月十一日下土服闋入都大約在秋榜後也 弟有信交牧雲
求寄條幅對子等項送貽吉甫爲栽酌斟不必全有然亦須少有以酬ゝ耳 印
閣聖嘆批經史詩辭看山樓 太上感應篇 文昌帝君陰隲文其信諒已收備覽如可
應允則望六月前寄回如不能答應則即早專信與弟 俾弟得另自圖度爲幸 明知
爲吾厭ゝ求然購自時度校ゝ他人貴介弟姪輩肆行奪傷者則弟又遠勝矣 僅勝若輩得毋可哭乎
昨承寄華的文所謂唐履成小傳實館精選一紫毫二支當勉強可用若韋春林選天香
紙紫穎及章永文選紫狼寫摺二支則不遠湖南ゝ藏去筆矣嗣後若有所囑萬祈

買鐘錶頗貴，及各名手所做者方可久用，庶不浪費錢文也。昨見貴差馬見田、栓標把總云

日來解貢來京，可以寄信及什物，因手邊無錢，不能寄新鐲簪等項為

宅內應用之需，歉餘良久，特手草一信來，將 父大人存省一切光景詳細寫來呈

閱。馬君來宅稟見，望 兄與之一見為荷。嗣後往來家信可隨便託他轉致，可寫名

要、章切延擱，或者家信來京亦可，如京信回家之不難也。畫及對子等物即交馬君

寄歸亦可。此信到京想在四月中旬月內，尚有摺奏，此行再詳述也。即請

長嫂夫人有夢熊之喜，明雄貴貴方可再誠之，宝得弄璋之慶，預賀賀

中山媳兄弟乳名、別號下次信回時示知

長兄大嫂夫人福安恭叩

大喜并問 姪兒讀書近好 各位姪女體好

三月初八日國荃手草

文若今年考優，弟先擬進場作一律，想前蒙
兄示云非一等前三名不必考，但學憲既已換人，則公之所取當非東公之所取
矣。弟意不過進場盡人事，不得其常而得其偶耳。然要之舉業蓋亦科
名，實不要緊，已得之與未得，文體殊焉。若能中舉，來都門侍
老兄之側，常相聚首，大是快事，然不能必也。日來聞廣西之事如此如此，
又令人科名之念消而讀書林泉之念重矣。參洪前日有信與弟，頗有不
願伏案用功之意，時欲嬉課田間，弟頗不以為然，容遲當作長信勸其
努力也。
老兄於家信回時，隱寓諷推獎勸之意，則渠之踴躍當倍于前矣。
初八午
世弟文若啓

又啓者，羅〻山先生現著
皇圖要覽將成矣，而缺少數圖。去年
曾教和林京時，曾囑曾向
老兄代購，渠不審曾已訂定內商
量否，特命弟寫一條，單即
老兄呼教和東、越椅貴兄亦可、代
為買就，寄回為禱。單列后

西藏地圖
青海地圖
西域地圖
科布多地圖
唐努烏梁海地圖
外蒙古喀爾喀四部地圖
黑龍江地圖

已上七圖，如
老兄處自有，則頃寄與渠；
只借觀而已者，當頃命友人
買就寄回為叶。感無任所託矣。
生〻言，弟特代書依祈
照察。李院案發，弟攢做條
附錄。文章本不佳，而叙尤人
也。李子虔之第三兄，故進委兩案
主匯費，弟已力破不必來，蓋因其
人太以無用也。子虔之回京否？渠頗有
照惜属望之慇，未免難於進步。

父大人來省應酬單錄呈　拜客列后

恒藩台大人　名福　送魚翅席一次　拜会一次　送行

周署臬台大人　号子儀　送燕窩席酒一罈　拜会一次　送行一次

錢觀察大人　首府子霞　送燕窩燒烤席酒一罈　拜会一次　道喜一次　送行一次

駱中丞大人　回拜一次　復請拜　後又送下程共雞鴨火腿點心均未收　酒席則收

此四位係因邑中公事特雅會晤二處皆請

声厓未久現調動來省藹先生則溯仰最久

於不多靜而石卿先生專意於

父大人述明事故　上憲聽厓戲好辦事

大人口係一邑之惡紫事不能不見敬官耳

丁伊甫先生　方下帖而　大人已登舟

陳竟農先生　請酒下帖二次未赴席　即登舟

陳季牧兄弟　請酒下帖四次乃赴席

師樓岡明府

粟彦生明府　名国華　叔夏門生　河南人　皆先來拜　共請酒下帖三次　乃赴席

唐畫郊　請酒下帖二次乃赴席

夏憩庭大守　名廷樾　夏獻雲之姊

何子敬刺史

王錫田明府　姜姓行

陳　明府　長婿姓行　婿少耕之舍侄本家及其親戚均拜　會一次

金邦南年伯

傅芸渠之老伯

蕭辛五爺　請酒下帖三次乃赴席

十八下午到省、廿六早上船，共住七天，酬應、

繁冗，而精神健與，三至固藩臬皆這均得久談，

是日均來辭行，即已登舟回里。

三月十五日國荃謹啓

長兄大人左右昨日接仲兄信。并

父大人寄 兄手信。得悉自省回縣。一路安康。喜慰之至。適乃猶步至賫奏廳。探問摺弁何日行。乃答云明日巳刻即走。更覺爽快。初九日曾寫第四號信。交貢差馬見田帶來。內已詳告一切。計須榜後可到。家中事仲兄頗能瑣屑言之。仲兄近日更大長進。躁氣悉除。而一歸於沈靜。躬行實踐。而又勇於改過。良堪欽服。每有教言。示弟。皆日用切實之語。讀之不覺悚然。今年季洪教梁姪。與仲兄朝夕親依。相觀而善之謂摩。有不勉慕而振憤者乎。況洪弟秉質淳樸。志趣殊非卑下。前信所云者。想是一念懈情。近當復自鼓舞也。惟六兄年來舉動頗不端方。又復不自遷徙。以致家庭之際。微有間言。高堂視之。未免不著為隱憂。而六兄亦覺恬然。不解何故。竊竊其材力聰明高出於羣倫之上。倘就繩墨。儘堪卓然自立。而乃以科第淹蹇。抑鬱牢騷。遂使平日英氣。摧沮殆盡矣。義理伏於隱微。血氣出而用事。語言氣象之間。或者與在京時異也。納寵之事。經營且將一年。其間文章波折。層出不窮。今幸將成矣。如果得良女子。性情和柔。兼能善事其適。且能默寓挽回善術。以事其夫。非吾門之福乎。非家運之隆乎。此固阿弟私自禱祝。而特告於 老兄者也。 老兄謂之何如。

父大人垂頤 兒供職。不必歸省。信中言之詳矣。其道理甚大。羅之蔚云。有老人寓信如此。莫大之福也。何患不為純臣哉。然見此信。既可見 令兄品格之高。亦足徵 尊人識見之大。近來仕宦之家。父兄之為教。子弟之為學。孰不以富貴利達固結於心而不可解哉。一門之中有一通籍者。則全家官祿謀多藏之計。廣田宅。厚妻子。為將來席豐履厚之圖。不復知有廉恥之行。甚乃公子忘私國子忘家。遂已為廣陵散矣。噫。子不見夫詩家甲第朱門之於大道之邊乎。若輩又焉知夫余與子俯仰慨嘆也乎。其議論如此。令負債者聞之。從憂為之一空。羅翁讀書甚多。每有談吐。粹然儒者之言。足令頑廉懦立之。其視弟也如同懷。

引而近之。多方啓迪。聆其訓言。不敢蕩檢踰閑。但舊恙不時微發。未能伏案用功。遲當稔熟自立耳。　老兄正月曾署吏部。想極殷繁。弟前信已致意叩喜。茲有贈貝者。邵堯夫先生解他山之石可以攻玉一節詩、借說。敬求再三玩繹尋味為禱。昨陽小岑言去年曾有信奉達。言湘潭鄉捐社穀辦理叙事。不審到否。託問。侯陽牧雲姻兄。近日當極都矣。前數信頗有乞厭之求。望專賜示可否。於時需信加封寄來。書不詳宣。伏惟攝衛　道躬。恭叩

長兄大嫂夫人福安　　弟侄姪兒女近好　甲山賢姪讀書長進　國荃手草　十五夜三更

長兄大人左右未接　手示已越月矣遙想
京寓大小平安諸凡順適諒符
懸念月之初九有貢差馬見田來京弟有信一件十六日聞有摺弁北行又寄一件
父大人及仲兄均有信計四月可到陽牧雲姻兄此時必到矣家中一切雜事及
近來光景渠固可知其大半也廣西不靖恐非目前所能蕩平緣以太平已久民
不知兵而司命者未又必悉能調度有方以故望風而靡不戰而北行師將近三年
用帑已逾千萬而桂林省城竟復為賊所圍逼且將一月幸賴有向提督固守省垣
未遽失然已大傷　國體矣昨郴州又興出會匪劫餉戕官一案幸撲滅甚速不
至動軍需向徵本地紳士及良百姓之力不能如此也此間富家巨室頗慮不得安

枕惟視桂林城池何如如果賊勢猖獗無識者則有輕離鄉井遠適樂郊之謀其稍有見者則將去城居鄉自行團練之法以爲共保身家之計似此人心之不固殊非盛朝好氣象也長沙各憲出示修理城垣命各紳士在城內勸捐願出貲者頗少惟賀少庚現出一千貳百金陶少雲李鶴堂勞崇光及各位有錢之家均尚未定其餘頗觀望不前良由大吏平日不能爲百姓分憂而此次經濟又惟有修城一端餘則無事也何能結眾庶之心令其踴躍耶不然又奚箝其口而使之不議耳我邑朱石翹政尚寬齊民亦愛戴省中轄地若無他故居然可恃然必久於其任則從善者眾風俗人心亦能轉移尚屬我邑之福也昨黃六兄至此具道去歲京寓屢擾有信一封寄來陳

伯荷之弟号鄧庭名溥行三係耦耕先生之內弟昨已來京囑弟信內通知以為
到京時晋謁之資然係親戚禮道必須格外周旋也曹啟範孝廉來京賀少康
齊有紙請 兄寫對聯想已弎就又求代求祁中堂寫四箴六塊王雁汀先生寫
对聯頃亦砍弟閱及祈示知然祁以大軍機事極繁恐難得也王現已出差未歸
恐亦難遽得也弟前懇 兄書格言對送羅〻翁先生望於公車上寄歸為禱羅
翁刻苦勵學廿年來如一日有本有原有體有用真吾鄉之典型也前年朱石翁
舉辦孝廉方正惜當道者視此事為具文不甚留心若有推薦之者舉而用之自
足以惠及一方朱石翁在吾邑中所為之善政固羅翁之所優為者也張所蒸姚

江學辨唐鏡丈曾嘉賞不置其儕所著之書弟前兩信已詳告之矣諒
兄必喜色多君子哉其引誘後進之心極為勤懇令人且愛且敬誠不可及也已
郭伯琛之兩尊已於三月十四日歸窆甚化之六都其地甚佳係高旭堂所看
昨葬時開穴竟有異徵不惟是五色土更有兩土膽形如雞蛋大其地之精氣
所結成與伯琛誠心求地三年艱苦異急備極至是始得佳兆以安先人骸骨可見
地之靈而得也旭堂為人之好前次已詳告之講究宋儒之學而又精心于醫理淺覽於
山水數品之行介之不可多識不可少之朋友也劉孟容二月之江西偕鍾觀察之聘
而教其四世兄昨有信來甚相安弟子之平教山水之佳趣均為意外之喜

大約七月乃可還省數日前得六兄信知納妾事已成可喜但尚未知性情何如想以柔順為嘉洪弟有一稟安信帖上註云有信從永丰寄來今未接到甲山姪近日長進何如文任吾先生聞極講究可慕之至[illegible]姪經書完後嘗讀性理近思錄及朱子古文等書小學想已讀矣如未亦須補讀為妙弟看做官要事除立身事君事親外惟有教子為家要工夫而教子又以秉禮守義親正人務正學不使之即於驕奢淫逸為第一要著祈 高明採擇為幸語無次序叩叩

長兄大人 福安伏惟 心照并問

長嫂夫人 姪兒姪女近好

弟國荃手草 四月初一早

弟國荃謹啓

長兄大人侍右月之初四接到三月十四日所發一信。藉知一切。承訓做敬字工夫。以為保身之要道。立學之根基。自當欽佩。特是早歲不學。全無知識。悠忽度日。遂至於茲。去年春間。病中呻吟。略知懲創。頗悟從前之昏蔽。欲滌舊念之垢污。而志靡氣餒。豪無振奮。行年且三十矣。而學行尚復如此。文藝亦如此。每一思念。弥增悔愧。年來雖未惡點昭著。而作善之念總未勇猛向前。做去柔懦之質。真不可以語道矣。惟幸侍立正人君子之側。樂聞直言莊論。以防閑其病痛。或得諸兄弟及各朋友信中。有一二訓迪之言。亦藉以檢束一翻。尚有此轉移之可進耳。今春再看傳習大學及近思錄看一遍。因心常蕩搖。不能澄心凝思。銳入奧妙。草草看過。不過粗知大意。無心得也。然而聖人千言萬語。總是教人爲人之道。而徹始徹終工夫。不外却一敬字耳。
老兄自壬寅年以來。讀書談道。親師取友。實多敬義夾持工夫。而自
新主御極而後。封章迭上。皆能言其大體。衡其重要。非若他人之毛舉細故。是以無論在朝在野。凡屬知道之君子。不特耳目中素閱其名。亦且心意中推重其學。性理日高。閱歷日隆。競業日甚。而後道德乃日進也。擴而充之。名世無難矣。一念稍放。即非上達之流也。匪惟自負。實負友朋。匪惟友朋。實負天下氣類相感之人。惟聖罔念作狂。聖狂之間。只爭一

念賢智之士宜知所從矣。老兄近來樂聞朋友之直言。謂其曾以直言告
聖主也。已以施之於上。豈友施之於己而不受乎。其樂聞者正其虛衷取益之道也。
然天下事必集衆思廣忠益而後有濟于事乃可以見局量之大耳。
老兄此後。凡有入告之言。不貴其直而貴其婉轉而能感動
天聽。未告之時。積誠意以感之。既告之後。敬謹以待命而已。勸之再三。致之再三。不責其必
不行也。惟反求學之欠翔處。所以致上之不行而已。方今之處同儕伊
川先生之嚴之道。雖免過激也。必須如明道先生之雍容大雅。乃不
取戾於時。而於事亦有潛移默運之轉機。兄意以為何如。歸省之
說。
高堂無甚意見則隨兄自作主張。總與兩俄氣象為平。

凡受　恩深重者。宜伏侯　朝廷。以聽　指麾。何忍遠離
天顏也。且君子進退出處之際。有義存焉。亦有時在焉。不可漫爲行止。以啓
時人之議論耳。弟意以爲廣西未平　兄歸者之說。不便開口。迨廣西
平定。而後進退乃綽綽有餘裕矣。昨日接
父大人手示。實與此論相同。願　兄細意斟酌爲幸。頃家中又着劉一
來。大小均極平順。仲兄隨侍　父大人在省城。蓋以程鄉軍營命朱
石翹辦鄉勇。而石翁轉請各紳商議辦事之故也。省城富家
巨室。頗多買棹浮江而下者。究竟賊去此尚千餘里。不解若輩何
畏葸如此之甚。得非無人擔當而居民無所恃也乎。聞　大中丞請前任

永順府夏慧亭先生出來幫辦團練。夏君有才能。肯認真報効。而中丞以須動帑藏不敢遽行其事。日來又復中止。弟準於月底旋里。隨侍堂上陪住佳節。大約須五月底乃來閩喬莘農先生須六月乃可到長沙。則所寄之諸軸。須俟伊時更送回里耳。家信共四件呈上。并各兄弟寄弟信亦封來。屋家處中近況亦得知其詳也。弟自去年來每一動筆。行氣斜急起承轉合。語句則不能圓淨。蹊由心血虧虛。而實可咲之至。此信內多不接氣之處。語無倫次。恭叩
老兄大人中外節喜。各位姪兒姪女近佳。牧雲姻兄處致意 四月十八日弟荃草
呈上

長兄大人左右十八日發信一件內計弟信一件仲兄信一件 堂上老人手示三頗詳一切近日
接到初三日所發之信藉悉合宅安好牧雲姻兄已至京都平安可喜近來
特詔大開言路想有入告之章矣粵氛益肆囂張近乃逼近疆圉大吏雖有
防堵之籌而院憲於各人又急於名餉頗難認真現今中丞有請卸之舉而辦
事實難其人軍務一事尤須多才乃能有濟今安所得人才哉安所得用人才之
大吏哉可哀也已粵中不靖湖南之形勢所係良重非特有關於大湖大江以之南此也
湖南險隘實在永州之零陵寶慶之城步新甯制軍以居中調度之計駐衡
州去歲以來已將一載迄至今茲因賊焰益近乃略有所動作以為防備省城三大
憲皆太平之臣也辦事不足僨事有餘用才不足忌才有餘而城中世家巨室富
賈客商已有去此適彼之意或浮江而下者或去城住鄉者現確有數百家矣如
李雲保余心堂鄒蘇堯卿黃惺溪齋等信家眷皆早搬去其餘觀望遲徊以候稍有警

報。即行動身者。除丁伊甫先生以外。戢府存咨詢。其所以能者。何也。官由文武官員等二百
情之人。不能為地方禦寇。不能為百姓分憂。自撫藩臬以及州縣與夫佐貳各色幕
友等人。莫不先送家眷還鄉。先出以為民望。人心安得固守。顧此光景。惟待
皇上鴻福。我省乃不至於受粵匪之殘害也。省城大吏。議招集鄉勇千名以為防
堵省城。及衡州以下各險隘處。夏憩亭先生實司其事。渠已有信與朱石樵明府
在我縣招二三百名。欲仲兄統帶晉省來。未審難以。勸之聽之。囑為轉託。時事如
此。鄉間紳士稍有力量稍有名聲者。即不得安坐無事。將如之何。
聖明若果知外間情形如此。安赫然震怒處吏。而以億萬生靈為念也。頃聞制軍有
還駐省城之信。畏縮於匪類未到境界以前。百姓何所恃乎。觀今各憲識見可嘆
不怪不能先事豫防。亦并不知禦寇於境外。徒事招集無用之人。防守轅門。各署搭

有、無冒二百名。而應募之夫頗狡黠。先与招募者約，着言不出者哉。起其約，着則
不來也。而各官亦居然即照此章程招募，豈不可怪。殊不知不禦之寇竟於而繞內終
不能安也。譬如有盜入吾室，吾不防之于櫃門大門，而設御于房內，自藏于帳內被內。
閒置有放過郡者乎。噫，此等居然人上，開鑼放炮，執節鉞，享厚祿，而不自愧，無怪無
特無如此矣。歸有之說。堂上既無意見，自然隨兄自作主張，然而常有不慈無
請。未知道途何如。一也。到家以後，恐亦必出來為本地方辦事，未能安居，試者擔擔
亦讀書。二也。又未必十分有飯喝，有飯喝則不能還帳。三也。新兄細為裁酌為幸。
至於家中。堂上老及仲兄等，調停一切，為極妥要，不必挂念。邑中有案不題
請真練團積查，多屬可恃。寶慶魁亭太守業已在省，請餉詩負極力防堵，戒
邑亦甚得兇。本歸時，擬与各紳商量，兵与郡縣定界地方及道途險要之處遣

硐設堡或硐或寨。總期可以防流寇土匪為妙。蓋此邊境有警。而又有好邑侯以
為之倡。想易為力。若果辦成。則將來可安若泰山。享
今上太平之福矣。然此尚遠期之未審。因邑紳士能齊心努力否也。本明日即與羅
翁同舟還里。今下午至費秦廳。打探云明日有增舟北行。又見外間紛紛動搖。是
以詳報。一切中間頗有直切之語。譏彈大吏。下次去信不敢妄談。學政考衡州
後。即回棚。永郴桂俱未考。或者必須去考一回。亦未可知。夜間匆匆草此。諸惟
心照

袁來 署

弟國荃敬啓

兄大人福安弟在省讀書無甚長進前蒙 示持敬工字夫自當謹守做去甲山姪近來讀何書小楷甚有進境可喜不做八股本有多少好處從前信中語頗妄也俟到家後再有信寄呈此請

兄大
嫂夫人安并賀添姪女喜

四月廿六夜書於賀宅

賀吉甫姻兄因未作書問候囑筆致意

七、家書

作者：曾國葆

清道光八年戊子生—同治元年壬戌卒

（公元一八二八——一八六二）

曾國葆，國藩季弟，字季洪，易名貞幹，字事恆，無子，撫國潢之次子紀渠為子。洪楊軍起，從國藩征討，累有功，官至知府，後率師與國荃會圍安慶、薄金陵，以病卒，諡靖毅。

季弟國葆敬書呈

大
六
哥大人左右五月初八日弟自縣城進省由陳岱雲先生處寄信一封
此時想已收到弟住曾子廟間兩日作文一詩一皆不甚好五月廿八日
接得吾兩兄五月初十家書得知一切甚慰四哥於五月廿七日始
自縣歸家九哥於六月初六到省云
堂上五位老人皆康健如常此大幸也惲太尊考前八屬甚好考六塲
末塲是兩个起講八縣之首皆斟酌湘潭是歐陽小岑之子名勳
湘陰是郭筠仙之三弟名崙燾我縣懸牌七月初四弟之失得

順受焉而已院考大約在八月中旬時當盛暑弟不如前此之用功亦未嘗放蕩也九哥此時甚憤取一等猶反手也　六哥來書云歸未定期　弟以為久離家鄉不如早歸在己亦有所得在人亦有所得且以吾　兄之功夫在南可操必勝之權在北恐有迴避之事此固吾　兄之所熟籌者也弟一無所長實有不堪對人者鄉書近日景況以聞其餘一切事情詳九兄信中即請

大兄大人福安並問

紀澤賢姪日進

六

七月十八酉時接家信

六月廿三日燈下

字跡太草明日書數行小楷以呈

弟國藻謹啟

大兄大人座右。七月之初。接 兄六月十五手書。得知一切。不勝欣幸。弟之府試得取第九。實為萬幸。蓋頭場之文不好。六得取二十三名。或亦冥冥中有主持之者也。二場第十五。三場第十四。四場第九。五場第九。院考大約在八月之初。能進學固好。即不進。亦安命而已。日前接四哥信。云家中大小清吉。

5.21

祖父大人以吃參而右手消腫。病亦似覺好些。此為子孫者之福也。兄之蘚疾有五年矣。其受苦當何如也。弟聞劉霞仙之父云。此是濕。以桐油治之。即愈。兄曷塗幾次。或亦有效驗乎。紀澤近讀何書。第一要熟。後來乃易。弟非妄為持論。亦以己之所以吃虧者告之而已。諸凡事情。悉九兄信。弟不及。即請

大兄大人陞安

七月十七夜

季弟國葆謹呈

長兄大人左右、十五夜接到　兄第十三号安信、得知一切、弟
自省歸後、日日在
祖大人身前侍奉、未及他務、虎膠係彭賢五熬的、弟監
守焉、鼇三日、其膠甚好、有一斤三四兩的光景、
祖大人吃之亦覺好些、說話較前畧明、右邊手足不腫、如常
仍然不能管事、面上脾和、血潤、眼耳都精靈、精神亦好、每
日天光起來頭、即在牀邊上坐、洗面、吃煙、吃早飯、旋即乘轎

到石柱屋坐、少頃即睡、又少頃即起頭、如是者、或二次、或三次、至巳刻、吃點心、或以桂元泡水、或用虎膠熟地附片人參等藥、不拘、又少睡、乃吃午飯、仍是九兄嫂與六兄嫂喂、仍是一飯碗菜亦如常、又少睡、乃乘轎到階簷下坐到晚間、仍以十幾粒桂元泡水為點心、天將黑、即乘轎進房、少頃即吃一碗點心飯、吃煙茶後、即睡、近狀如是、總之凡事皆人可以照管的到、惟解每日一次或間日一次大便、要三人、或兩人、弟等三人、叔父一人、時時刻刻、總有一人在祖大人身前、夜間仍是　父親侍奉、每夜三或四次、五六次、小解、睡甚安神、幸而漸次復元、亦未可知、即如此規模、壽年固可蒙也、弟頂在祖大人房內、父親分付弟寫信與老兄云、兄用心過則癖疾發、教兄不必看書、只是存養而已、總宜保養身體為上、母以疾貽父母憂、又云、父親近來、不能看書、看書則眼花、不看書而支持外務、固是精神百倍、爾母親亦健、祖母大人做道場、內政全是他一人管理了、家亦可以不必買、父大人之所分付者如是、家中延徵一叔教書、於弟未必十分有益、弟明年大半是與四哥侍奉

祖父大人、倉卒潦草、此不詳、不恭、伏求原諒、即請

闔宅福安

道光戊申年九月廿二夜亥正草書石桂之屋

季弟國葆謹呈

六兄大人左右，昨接第十三號安信，兄寄一字，得母以弟之前信太直而有過乎？究之弟信言外之意，即兄意中之意，弟即太直，弟實任過，望兄莫見責，下次望寫信與堂上大人，庶幾知兄在京人好，與夫面切等事，今夜實夜深了，凡一切心腸，要下次信據詳告，老兄草此不恭，伏惟心鑒，即請

六兄大人日安

道光戊申年九月廿二日亥正速之草于石柱之室

季弟國葆敬書呈

大兄六兄大人左右昨夜接　兩兄九月十二之信得知一切欣慰之至　六兄所以責弟者誠是弟心受焉且力改焉家中近況四兄九兄之信必詳弟所以默然也然一字不寄又似無情故聊寄數字以達遠懷即請

兩兄大人福安

戊申十月十一日申正上

十一月二（初）十日季弟國葆敬書呈

大（六）兄大人左右前月所發之信不知已收到否邇来家中老幼安善內外謹飭與平時無異

祖大人之近狀亦似少愈於前而總艱於言動其形色飲食起居俱如常甸日未進藥食天氣晴和則在階前坐二次雨則否侍夜則仍是

父親一人亦頗難焉而

父親並不以為言所以不可及也室內之事有

母大人以提之綱、而又有四婦人以分任之、亦有條理、而月
前所雇之女工、又早發去、以是四婦人、無所使役、而嫌隙
自此彌、即事亦洽、而家亦和、從此不改、不特丫鬟不必買、
即女工亦可以不雇、何善如之、弟此時寄居家樓間、亦溫
經寫字、所得幾何、郤羨兩兄學問功名、俱臻絕詣、此
豈偶然而致耶、抑亦天之所予者獨厚也、而尤願其進德修
業不已、則亦庶乎其可矣、書此不詳、即問
合宅平安 十二月初八日 接 信 正山
葆弟叩上

季弟國葆敬呈

長兄大人座右、廿三日接到初三日所發　手書並澄兄在直

隸所發手書、得知京寓一切平安、不勝欣慰、来書云

梁君之銀、為弟等費用、謝謝、澄兄書云、欲五月初乃可

到家、弟初七日發三号信、此時諒已呈覽、

父大人在縣商量公事、為之佐者、朱堯階先生也、劉霞仙

兄已作縣首、甚善、昨日家中着人来院

父大人有手諭、茲呈上、来人云、家中人都好、沅兄日見日愈、

蘭姊體亦好、憂稍解、 兄毋庸慮慮及來書云癬疾
漸發、此過用心血之所致今澄兄歸家 兄又少一臂之助
伏祈節勞為幸、弟等在院功課無常惟不敢自暇而
已省中現在修城八屬是四月廿一開府考月內多雨
書院老師秉公持正齋規頗嚴、昨十三日撫軍課十八
日老師課均未發案溫兄身體甚好而嬾於作書如
從前一樣書此不詳、即請 紀澤姪宜憤志讀經書宜熟後來看解自易至望之
陞安、 長嫂夫人喜安 姪兒女均好、 三月廿九日申刻書於進德齋叩上

四月廿七日弟國藻敬呈

長兄大人座右廿五日午刻澄兄到省弟等即過河詳詢 兄近來體氣豐腴精神百倍 長嫂身體安康紀澤姪讀書有常餘俱清吉以及使役弄弊之情老媽帶人之罵雄與 兄早起當差午歸之苦況無不一一周悉凡此皆劉貴之述也澄兄在道上一路平順惟在樊城幾受浮沙之累幸 天地 祖宗有靈主僕行李俱無恙艇風壓擾攘未免受驚受勞顏色不甚豐采到家好好調養不日即當復舊澄兄（今日午刻）開帆往湘必趕到家過蒲節 弟於月之初一發四號安信

閱兩旬間梢差猶未盡不知何時 兄可收到兄之五号信於廿一日
接到中言社倉之法甚善於貧民大有益待澄兄歸
叔父大人必遵行於我境不久即有回信 兄之四号信并膏眼藥一包由
魏君寄來於廿二收到兄之治兵練軍儲用一摺弟捧讀再四援古
証今斟酌盡善粵西賊請後若遵行之則所以整頓積習轉移國家
者非淺鮮也 兄迎養之說弟探澄兄語氣甚以為難有不主持之意
然此說已昭著 二親亦似有意或行或否弟等不敢妄參末議仍
在兄詳悉寫信與 堂上大人商量耳鄧升六爺處家中已致賻

儀錢伍千文未接家書將一月矣澄兄明日看彭僕先歸端午後即有
信来省弟昨日在羅山處談及渠已寫信寄 兄言賀家與 兄結姻又言其
女兒聰穎性情純樸其老太太之意不願與他家合惟曾家乃耦翁之舊契
此羅山之所述欲弟達於兄答應與不答應則惟 兄與嫂夫人定之弟等
在院身體甚好昆兄館課在一等弟在二等前十三藩台課温兄超等
二名弟在十五名茲澄兄信一件特發呈上餘俟家信到再發即請
侍安不一 長嫂夫人坤安 姪兒女均好 温兄即此請安未另
梅霖翁之三子考府考第三名我縣府考大約在五月底
申刻即上
嶽麓書院日新齋

季弟國葆敬呈

三姪是何號下次信祈示知

長兄大人座右四月廿八發五号信不知已收到否月之初九接
澄兄在縣城所發信時恐措差已走故未即寄茲家中着
彭四來云一切平安如常温兄在院身體尚好却不鋭心
於舉業弟讀書無常每留心於言行之差錯而見解
不深操持不固往往即於差錯而不自覺然自揣不能
出身有所作為於當世而一身一家當知調停兄無為
弟慮及也弟竊思一家之興其始也莫知其然而然及其

盛也必貴乎人人培養而後其發乃長此蓋有為而言

也三姪資稟甚好可喜之至弟祈　兄於日間常常婉言

示以處父子兄弟之道人世艱苦之事萬勿不憚煩而厲

聲出之蓋婉言則所入者深厲聲則所感者暫此固培養

之道弟故贅出此不逮之言也　兄以為何如

堂上大人不進京更好一則道上難受風霜二則家中有頭緒嵩所見甚多

兄毋以十餘年不侍膝下常罣念耳即請

陛安　長嫂夫人福安　姪兒女均好　五月十七夜二更書院叩上

弟國葆謹呈

（弟所勸家中必成就其事者。實照其將來在家中草場偵耳。亦弟之本意也。即溫兄亦嘗對弟言。自己已無慮耶。）

長兄大人座右。五月十八日發五號信。諒已收到。溫兄於廿日着彭四歸。 叔父大人即於廿四在家起身。廿七早到書院。和顏悅色婉言勸溫兄不宜買丫頭做妾。即生子亦是丫頭之子。名不好聽。此 叔父之所不喜也。 叔父並言去年即有為溫兄納妾之意。總待三十一歲之後。有子亦討（均在鄉間）妾。無子亦討妾。而溫兄之意猶未盡解。私與弟言。此事之成不成在 叔父。若不成歸家。必大鬧一場。弟窺其意甚堅。必欲成此事。若不成歸家。必不安靜。

恐其父子兄弟夫婦不睦。於是將其言直告 叔父。并勸 叔父啟
就其事。 叔父總以口頭爲嫌。實在不願。弟又與 叔父計議。令
冬必在鄉間覓就。即遂其願。庶幾一家和睦。家運不替。 叔父允之。
叔父與湜兄言。雖默默不語。不願在鄉間娶妾。而此事已直言
尊命不行矣。 叔父在這裏。還有四五天住。弟擬於廿五日
侍 叔父遊赭山。廿九侍 叔父過河。遍覽城市。其意甚樂。
而言及此事。則又甚嘆焉。今夜湜兄又與弟言及此事。其意
總係戀戀不舍。又說己之八字。每爲一事多阻。此事不成。而此一肚

子慕必寫信與家中。盡發其鬱。弟勸其不必覺急。日月甚
長。而湜兄亦答應不覺急。叔父歸後。即欲促兄下來一切
舉動。弟等自知從中調停。湜兄此後到處支錢不動。又
從何處鬧出大亂子來。兄於數千里外。不必深慮科場
後。即同歸家中聽臺上約束耳。此信係澄兄私寄
者。兄下次信不必提及。那日在城中晤霞兄。其一切言動
萬的河風。府考期是本月初四。今下午同叔父來院書此。不得不請
陞安。長嫂夫人閫安。姪兒女均好。 宵初二夜日新齋寧草叩上。

季弟國葆謹呈

前叔父一信，又下次信回，所提及是何時接到？寄李子彥一信，所交？

長兄大人座右。月之初六接到 兄五月十四六號信并奏稿。再三捧讀。感愧交縈。而凡契好無不拜服。即勢利之人亦歎羨者，非此人不能上此摺。而兄之閫望可想而知矣。再接 兄六月初一七號信。得知寓內一切平安。兄之癬疾愈矣。五月廿六又蒙

（前次抄報亦于此會接到）

天恩兼署刑部左侍郎。不勝欣喜。家運之隆。無可與比。

皇上天亶聰明。又用正人君子以匡救之。必成太平之治。粵西小醜不足慮也。昨接澄兄本月十五之信。轉報

堂上各位大人皆康健如常。舉家清吉。足以慰遠人矣。鍾太尊
欲取霞仙作首。穀閣卷者彼已賀耦耕先生入鄉賢祠。各衙
此層溫兄欲弟請及大鄉賢受賀佗
門已通呈。不日即有文書達部。祈兄留心。比見禮耕家信。云兄
云可以呈部駁。兄不願與賀結親。弟已將兄之意告知羅山本家
儀齋先生名宗達。不知補子猶可穿否。亦欲乞兄查示。學台已
於廿日到省。廿二齋集。廿七開考。科場亦在指顧間。大約是坐官
號。恐不能副望。溫兄現當來到。溫兄身體甚好。草此不詳。即請
喜安。長嫂夫人喜安。并問姪兒女近好。 二月廿五日午刻叩上

二月初七。叔父自書院歸。此日。弟過河有事。溫兄亦過河來了。初八。弟欲溫兄同往書院。他行踪莫定。弟施從之。看破他消息。此時他亦不作聲。初九日同往院。弟向他朋友細查。云從前在姑娘家吃酒打牌。不特此也。須錢弍拾千遍向各朋友支錢。弟不知為何事。又恐其為嫖客。特隱沮之。自查得此信。知其已為嫖客。不便當面說破。於十一日寫一信與溫兄。其信中言他不告買妾及姑打牌為嫖客。如何不是道理。從前在家許多事情。如何不善處置。父子傷恩。兄弟傷和。並欲他從今以後。講究為人。亦不為邋遢。並欲他知艱苦。其信有二千字。溫兄見此信。弟不作聲。他朋友對弟云。從前本有此不善之事。自叔父

到此。遂心悔而自斬截。但須錢廿千。此錢不交。不能脫身。此項清白。即不
去矣。弟若強也為他彌補。但要俟沅兄來。以戒其後也。過數日。他又對朋友云。彼
欠已交一半。不知係向何人借的。不知是考府試。他有買前十名路子否。
弟亦等從查起。弟等于廿二過河。寓膺西廟。云是廿八過科考。弟須靜
數日。亦不能時時跟他。亦不敢他果能斬截否也。現在溫兄與弟并無隔閡。
他日間不過打牌輸錢。書則全不思讀。沅兄總在出月三初可到。侍細
查後。看他到底有悔意否。下次詳告於兄。叔父到此。弟既不得不將溫兄
一切行事告知。叔父總說弟如何不跟他走。弟亦難爭其為弟矣。自後不

暇。奚能治人。亦今年本思稍增識解。亦數月精神。他處亦要用一半。還
縣等事上要用一半。時文功夫。則未做一點。一等固不能取。中虛更不錯誤。
兄無為弟望。弟亦祇自量。顧處之泰然。現在只圖過場。後兩人同溫兄
回家。體體面面。文與叔父。則盡善矣。去年蘭姊買彭公上樹。係丈夫
人形封者。本不可買。偏出乱子。其事已散。中有一點小事。任尊叔同溫
兄至蘭姊家挾勢。蘭姊不依。痛罵。溫兄在蘭姊家打雇工。父親
說他不是。父子又大傷一場。其中細微曲折。待下次澄兄詳告。現在溫兄
因父親母親不許他買妾。遂以為厚於蘭姊。薄他。亦隱怨母。昨叔父歸。

他寫一信與澄沅兩兄。歸家砍草事。現在店家若應他在鄉間娶妾。今冬成事。他又私對弟云。鄉間納妾不喜。將來看他發作不發作。若不安靜。恐父大人不能容他。弟等從中無處置矣。叔大人亦不敢懲治他。只能曲勸。並明對弟云。既以自敗。則自敗。故父親近來性情頗急。追兄又是挑此。將來恐不能長聚。弟自去年來。始知權柄。不敢從中妄參末議。然以父大人之躬行閱歷。澄沅兩兄從中調停。必有處之相安者。兄可以無慮矣。弟非懷道人之惡。特是骨肉之親。不忍不一告知於兄。備兄處數千里外。得以安心耳。其有不盡書者。則待下次詳告。

六月廿五日午刻蓀弟
在曾子廟叩上

來石翹做官頗好。弟見面。言及餉糧積弊。朱國恩定章程。又節用
稟帖請父大人出身。現在政上忙。官民相安。鄉間願捐餉銀一萬六千兩
彌虧空。欲官填實授。父大人從中費神費力已三四月。而各書差假借匯
買人告狀。弟恐此官早去。則一切積弊終不能除。故大人從帮圖公為情費同年
鍾老尊直知各處不填實授。附鄉詢不捐。朱令不接虧空。奏銷必誤。上憲看
處分。若填實授。則湘鄉獲福。奏銷不誤。則各官相安。即師相國於關係
亦有益于實。已有信與弟。雖未遽填實授。而必久留。則可集。看大勢必填實
授。弟亦出於不得已。非孟浪從事。兄無以弟為慮。其中詳細曲折。待下次再行續述。
廿五午刻

馨一叔縣府考都是插卷。懷三叔。王十哥。勤七叔之子。縣考俱完場。府考俱未取起。不甚穩當。德七房兄弟。俱未來考。澄兄信介叔弟在省發兄已華資。每人弍千。院考前即發。我都府考完場者回去人。

府考前十名。劉光燾。劉蓉。彭兆萼。陳兆蓉。黃李湖先。鄧可人。章心俊。陳兆庭。蔣澤雲。陳其義。

霞仙頭場第一。二場第一。三場第二。四場第二

弟五月十六寄五號信。六月初一寄六號。此號不必刊提。只說得知一切。大約糟蹋已甚。故屢遲遲如此。

六月廿五日未刻蘇弟又上

丹青左觀八之弟詞二已經拿獲解＝縣 信左家贖繳金

的觀八請族內正紳士保舉正人不做賊並湘鄉縣

市告示大賊捆解平治不良行者解縣究辦 予已應

允若果能如是以賊除賊陰惡黨 等亦甚善也

丹閣叔 兄發筆資四千 彭聲一哥兄弟各一千大約在

賜前發給此澄兄信上寫及茶葉等項沅兄已帶來總是

賜前託人帶來 葆弟草 十五午刻

季弟國葆謹呈

長兄大人座右。六月廿七。弟發七号安信。是日午刻沅兄到。其體發胖。廿九過科考。沅兄在場中精神亦好。文策詩字俱妥。七月初二發案。竟取一等第十二名。弟未取一等。並無科主。仍須錄遺。本來一無所長。而天下事之不可逆料。即可於此徵之矣。學憲身抱寒疾。考試頗鬆。其有雜路與無雜路。不得而知。本家之赴考者均未進。兄之筆資。三人共發六千。中十六里。祇進一人。弟

前在羅々山兄處見　兄与渠書中言弟等恐流於傲。夫凡稍有識解者。不免有此。兄之所防固切中其弊也。弟稟性駑下。志氣頹靡。自顧學問文章。全未入門。品行心術。負慚衾影。何敢傲人。近来与羅霞二人談論之間。兩相契合。弟雖不學無識。彼亦樂引之為羣而彼二人者。弟不敢知其將来之見諸行者若何。而察其為學之精純。与其所言者。及其所勵諸躬者。無不衷之於道。則弟之所心服而願學者也。其所以与二人相契者。並非慕理學之名。而勉強入其中。以剽竊浮名也。識見人生斯世。無論智愚賢否。皆當安分守己。曲盡其當然之道。以完其本然之性。方為無愧。今世之人。枉道從人。角逐於紛紜利祿之場。其得之者。僅享庸福。學問功業。不能自立自建。品行心術。不足為人模範。而又不知進退存亡之道。不能自全。或以不辟違而或獲禍。或以辟違而亦獲禍。雖其人不盡如此。而如此者固多也。其不得者。抑鬱無聊。非不自愛惜其精神。為有用之才。徒作無益之事。以自陷其身心。而辱及其親。學

問功業。無所自立。品行心術何堪自問。見棄於友朋。受毀於
鄉人。無其庸福而不能享。惟游之以終也。惜哉弟頗有見
於此。將從前一切所行不端之事。不敢再犯。而從事於心身
倫事之間。奈目力不疾。不能多看。心思不靈。不能會情。惟
自痛恨。而又不敢自棄。現在惟思將天地聖賢之道理。
如周易之乾坤二卦。中庸之天命之謂性章。与一切難
解之書。詳問羅霞二人。以益其知。將來不敢自暇（自逸。）以漸
求其貫通。又必隨時隨事以求踐其實。至於文藝。則恭

而習之。總之一切。盡人事以待天。子夏曰。死生有命。富貴在天。夫子曰。道之將行也與。命也。道之將廢也與。命也。弟惟思自盡其道。而聽天由命已也。鄙願如此。兄其何以教。十二日午刻寫至此。十五日巳刻竟其說。弟 自悔向來斲喪太過。精神有限。不能刻苦用功。又恐一入家門。委靡不振。或私慾奪之。隳其功程。或習俗移之。易其操守。而又無良師益友以為之勸規。將並些時之識解志趣。而漸消歸無有矣。此亦其可懼者也。又思 兩親大人。年近七十。幸天佑康強。然回思奉養之道，實難自安。且古昔聖賢之學問，總從身家上做起。(弟)何敢舍家庭而言學問。將來或出或處，惟雙親之命是聽。而亦相今之時，度今之勢，必有處置相安之道者矣。此後大抵放蕩者不敢與交，無信者不敢與言。而一切事情，非有痛癢相關者，不敢與聞。即凡有一事，亦必再四思維。不執己見，不受人欺，處處相安而後動作，非敢鹵莽荒唐以行之也。(亦)近來學寡言，一則不費精神，二則不得罪人，三則自己可以少愆。大約見人(看是何)說(何)話耳。而學問不深，何能

一、恰當。弟又思文以載道。則凡求道者。似不可拘一格。如歷代之古文詩賦之流傳者。皆宜一一求之。無不有益於己。而天資有高下。學力有淺深。其高深者。兼收並蓄。此上等人物也。此即兄之所素積。而弟之所萬不可及者也。若夫下淺者則不然。弟於古文。其義顯者。猶能解之。且樂讀而願學之。至若駢四體之富麗與各詩之奧折者。看之茫乎不得其解。遂棄而不習。弟從前亦思貪多務得。卒之一無所成。或若他物。專其志。即書亦不願讀。現思即其性之所近。而循習

之。果得父兄師友之栽成。稍知道理。將來或涉獵班馬韓
歐諸家之文。應亦粗有所得。兄以為然否也。今亦非敢與兄
論學問。談經濟。特備述所見與其所願。兄可即此知弟
之性情矣。弟此後大約總以保養精神愛惜光陰為主。
其有成無成。不敢自信。惟日戰兢自持而已。竊願兄不棄。
而常以書教之。則更幸甚。縣中一切公事。已有定局。百姓
固戴德　父大人。即朱公師公甚感恩　父大人。即撫藩府。
亦謝情　父大人。此是一大體面事。何樂如之。溫兄性情頗

緩。不肯輕易得罪人。處兩弟亦好。無益之事。似有悔志。戒而不為。而天氣炎熱。讀書則未。身體尚好。而面色總滯。近況如此。觀場人數甚多。廿日收內府貴遞。聞學台已上告病摺。不知的否。湖北制軍。前日到省。大約往湖廣交界處辦防堵。聞賽中堂初到。大敗一戰。不知的否。丹閣叔十二月到。體甚好。云楚善叔病益重。難好。可惜。劉霞仙與弟等同寓。致意兄。何以三年不寄一字。此間自六月初不雨至今。禾尚好。亦無疫病。書此不恭。負罪負罪。即請陞安。長嫂夫人福安。姪兒女均吉。

湘鄉老生題 以不忍人之心 二句 君臣一氣中△

新生題 其存氣也至其為氣也 然則治天下庖

詩題以學愈愚△ 覆試題 夫孫行者 蟬噪林△逾靜

一等名次

賀世一 李杏春二 沈甲聯三 陳韶五 朱增拔六

朱芸八 劉岳暘十三 劉材七 曾國荃十二 李凝英十 劉開霖四

羅信南十一 魏萬傑九 易寶十四

外進學單一張

許薩河 蓉甫之姪

羅澤銘 樹森之姪

王金鈺

彭祖壽

周輝春 默肯

曾廣淳 思齋之子

成偉道

劉岳晴 元堂之姪

賈園藏

賀興鐸

初習結搞題 子白何新 丙辰年之近事 糟和人意好

雲深說風深痛

二搞 故君學校共獨也 言某改

月夠節上唱嶶代

三搞 秋君飲酒助不經夏讀曰

高樹早濃陣

四搞 秋之別論又是亦不經

曠室醒月茂化誌

終搞 惆悵也 以香生先生 八月十二日 二起講

季弟國葆謹啟

長兄大人左右、月之初四發第九號信、想已收到、弟等初八日進場並未坐官號、大約是不成官、溫兄文章弟未之見、尚在可中之列、沅兄在場中患目疾、頗受苦、幸體〻面〻完場、其文章弟亦未之見、中不中未可知也、弟本空疏、而初入此門、一切不善於安排、布置頗不耐勞、文章未做得清白、所以未謄真呈政、弟今年算是看樣子、然每思用費太多、不覺有慚色、劉霞仙諸人弟均未見其文，聞今年好文章甚多、不知入選者是何等人物、此中有命存焉、明日將起行歸家、因出門太久、家中事情亦多、到家即詳寄信呈上、日內馮樹堂兄來省、會見二次、與談頗久、言及 兄費用甚大、所入不敷所出、自澄兄出京、又無人代為斟理、弟甚望溫沅兩兄中舉進京、助 兄一臂之力也、書此不詳、即請

李子彥家信已交劉君渠棨婚祈 兄致意道喜

陞安 長嫂夫人福安 姪兒女均吉 八月十七夜二更叩上

季弟國葆謹呈

長兄七八左右十八日發拾號信。中多不詳。此月晚間即買舟歸里。十九早到湘潭。家中有皮紙在湘潭共買錢壹百五十餘千文。弟等將省城所用湘潭所用及家中所用者。一概全清。而此項無餘矣。今日已刻到湘鄉縣城。家中已着人來接。大約明天即歸。今日午刻在署內吃便飯。談及一切事情。甚當人意。實所難得者也。劉霞仙尚在省城會郭筠仙。渠若不中。明年必須找館。大約在各衙門。渠去年冬在縣城發信一函寄 兄。不知已收到否。望 兄回信甚殷。前因倉卒。不及詳書。閱澄兄信。自知大概。到家不久。即發信。溫兄沅兄及弟三人。在途中身體俱好。兄不必挂念。草草不恭。即請

近安。並問 長嫂大人福安。 姪兒女均吉。

八月廿一日在署內草草叩上

弟國葆敬呈

長兄大人座右弟自省發信之後嗣後未寄書問蓋以仲
兄發信弟亦有不知者頃接八月十九手書承　賜教言顧謹
守不忘家中一切事情
堂上四位老人與諸兄自善為處置弟亦可效微勞
兄儘可放心聊書數語不日即當寫長信奉上也即請
福安　長嫂夫人坤安　姪兒女均吉

九月初二夜二更家中草

弟國葆敬呈

長兄大人座右。前日發家信。弟僅潦草數語。以為即日寫長信奉

上。今日澄兄以辦左光八賊事上永丰去。初八日 父親以南漕下忙

開徵事往縣去。澄兄在永丰往縣接書院經管事。其中細微曲

折。澄兄必詳書以告。父親大約在縣城着人往省為紀澤定婚約訂盟

之期。弟輒因此足之便特書一紙告知一二。 父大人今年為粮餉費勞

甚大。所幸精神强健。雖說話太多。郤事〻照管得到。其事雖大而

父大人到處用人得當。而又以至誠感人。又無私意。又能謙和。又耐煩。而于事

之利害極明。故不為羣言所惑。此事之所以底於成也。現在捐項雖未甚齊據 父親云亦易為力。此亦其可幸者也。子細思此事。實有莫之為而為者。特假人力以成之也。向使今年湘鄉若不辦就此事。則安靜之日不久。若不是這個做好官。誰肯力為整頓。若不是 父大人入場。即官亦掣肘。若非 父大人一片公心。何能人人悅服。今事已成矣。豈非湘鄉長治久安之勢乎。而其說更有未盡者。向使今年不下豁免之 詔。即 父大人亦不能辦此事。然向非 兄在京做官。彼窮鄉僻壤。又誰知有豁免之詔乎。弟常對 父親云。今年不特湘鄉沾 大兄之光。即湖南一省沾光者尚多多焉。

即此一事。可以知天之生 兄。良非偶然者矣。 父親大人在家。總以身教。極勤極儉。而又無戲言。無獨行。處外事則無偏私之意。惟準情酌理。不失之刻。亦不失之寬。觀於此。而其處兄弟父子之得當。亦可想而知矣。 母大人身體強健。而於內政處處籌畫。亦極勤極儉。又識大義。提頭即知尾。近來與 父大人。並不傷一點和氣。（於媳婦全無一點偏愛。）即有小事。諫無不聽。 父母二大人。如此康強。如此為人之好。此為子者所歡喜無既者也。 叔父性本和柔。邇年來漸生一點剛氣。幸不輕易發露。間有不得意之事。澄兄即從中和解之。而 叔父之氣亦化。弟等事 叔父。視於 父大人更恭敬一點。 叔父亦從未嘗加以詞色。此所以相安也。 叔彡

四

母實在可憐。不輕易說話。不理閒事。起得晚。睡亦晚。雖前次所患俱病已好。到底是孱弱之軀。沒有過得快活日子。弟輩叫聲他。彼惟應之。弟輩有所問。彼亦惟答之。其餘飲食起居如常。近狀如斯而已。澄兒自京歸後閱歷行事大有進境。每遇一事。必再四思維。孰利孰害。辨之甚明。而又顧名思義。不要非義之財。亦無偏私之愛。而又善於圓轉成就。其於家事亦熱心。其為人也不辭勞不好華飾。立言有本有末。待人極恭敬。且無半點欺假。此固大有分量者矣。而其人甚豪興閒有詼諧語。弟以不足為後人訓戒。澄兒亦深以為然。溫兒不中舉。心中鬱總鬱結不開。日夜思維。惟欲討小而已。自己不便向 父大人說。總欲澄兒向父大人說。又欲葛氏向 父大人說。前日他自己向 父大人說。父大人並不罵他。要他細思審量。不可輕舉妄動。即欲行事。必待明年冬。溫兄心中無主。仔細問他。答曰無可無不可。觀其形象。又似欲今冬成事者。現在葛氏畏他。不能不順他。將來若是討進屋。必不相安。弟已討得葛氏口風矣。而溫兄全不思前顧後。並非為嗣續起見。只欲討小以消積年之遣。弟竊為溫兄慮也。然却不能苦勸他不討。蓋他之意已堅。即勸亦不化。又恐他疑弟等為愛惜銀錢起見。且 叔父有畏於他。亦不能沮他不討。且有意為他討。但欲明春耳。父大人知 叔父之意。恐沮之與 叔父不和。故特鬆口要叔父與溫兄自己作主。弟等又何必參末議也。叔父與澄兄商量。澄兄答應幫辦錢項。弟與沅兄則在局外觀望而已。蓋恐將來萬一討得不好。免招怨尤也。弟看大勢。
今冬不能成事。即欲速成。亦要到明春耳。溫兄目下在家。如愚人然。頗安靜。將來出門。
或仍蹈覆轍。或改行易轍。弟不得而知也。然甚惜其誤用其聰明矣。沅兄識解頗高。
而行事或不盡及。責人甚明。責己或不盡明。惟天性甚厚。於父母之前。每有曲加體
貼處。此則弟之所不及者矣。常喜學人聲音。多為戲謔。弟 間以講話貴精神戒
之。比時雖以為然。却不能常常留心戒止。澄兄嫂性甚躁急。頗觀其氣象。似肯聽
澄兄教訓者。近亦深服於弟。而無猜疑之心矣。溫兄嫂頗識大體。溫兄欲討小。他总
裏著急。外面不敢作聲。亦甚可憐。沅兄嫂現有夢熊之喜。而三日事。茶酒如常。

内人自又八月初三回家。較前畧大方一點。性情頗和柔。來了三年。尚未與各兄嫂相爭。而眼皮子淺則有一點。儘管教他勤儉。却不悉遵行之。大抵弟有自己未盡者歟。其體甚好。現雖未見生育。弟亦不能無過。一則弟有一點暗病。二則色慾過度。將來保精全神。或者可以得生子以副　堂上之望乎。弟自八月歸後。紛紛遲遲。至又八月十七始定功課。寫日記簿。功課則不能常遵。日記則頗不間斷也。而娶妻三年。未得生子。上無以慰　堂上之心。下無以遂妻之願。此心亦不能常常專注於書。色慾本重。而又常存生子之心。則此情更重矣。以欲竭其精。以耗散其真。所以看書不能十分用心。弟每仔細思之。天之生弟。必非無用者。若徒以嗣息為慮。以色慾自娛。則此一生休矣。安能做得一個好人出來。現在總思不敢忝於生。敎於嗣息。則委之於命。聽其自然。不復沾沾慮及矣。至於色慾一事。除之實難。雖不難於知而難於行。現在將前人節慾格言畧錄數条。備（俾日）夜誦思。此心實知其害。將來必處之淡然。此事既撙節。則精神愈用愈出矣。此弟所以急急於節慾也。今年家中事情頗多。父大人與澄兄在家日頗少。弟亦不能常常讀書。必欲處處調停方是道理。弟常思人自二十歲以前。必從師專意讀書。二十以後。書也要讀。事也要做。庶不負負。不然。讀書萬卷。亦何用耶。故弟願自今以後。凡弟所當做之事。必不可以我之讀書功課。不可延擱。誘而不為。蓋誘而不為。就不是道理。然有暇時。又必親書冊。以充其識。以固其行。卻不可以家中有事。而嬾讀書。以長其浮躁之氣也。現在弟寫日記。非專記讀書功課。但記每日自起至睡為何事。看書之多寡有得否。與人說話有失否。無事時愛惜光陰否。有事時輕舉妄動否。雖至男女之私情。有不當理亦必直書不諱。總之意欲常閑其身。不敢卒於非為。一一著之於冊。或者可以養其羞惡之心乎。小學一書未接 兄信。弟已有志用功於此。今 兄既如此說。則更不必遲疑矣。遺規一書。極為切實。弟此後當守而行之。然弟有一大毛病。不敢不直陳於 兄。俾 兄知之。或者可以設良法以藥之乎。蓋志(記)心不好。每看書。節節段段。必須看二徧註解。蓋不看二徧。卻放心不下。看二徧。則頁子必不多。(每)或十頁。縱多二十頁。所看既不多。而貪多

九

之病生因而厭常喜新之病生焉。如看這一冊書。却不思將這一冊。力卒看完。又思那一冊。亦所宜急看者。臨到看那一冊。却又不認真。卒卒之一無所看。此貪多務廣。患得患失之心所致也。又有一大毛病。更不好。每逢看書時。心不與書饜飫。而且左思右想。不知是看何書。是以看如未看。看完又悔不專心。此時却不能力為禁止莫亂想。弟細思之。總是從前常之念及嗣息。以致生此毛病也。此後當力戒之。弟又有一私嗜好癖。亦直告之於 兄。以待教訓。蓋因身上有一瘖病。思看醫書。從前未得門徑。不好從何處看起。所於友朋中談及。自有簡要之法。已覓內經一部。此書為醫書之祖。無論是黃帝岐伯所作與否。實在有道理。却與易經相表裏。弟現止看得十篇。亦有不能盡解者。然將來必用功於此書。以自為計也。然亦不過以餘力及之。萬不得舍小學遺規。以及四書五經。而專事此道。萬不得為他人作嫁衣裳。兄可放心。當日此書不盡為醫而設。真讀書人不可不看此書。實於保身有大益。故程子常教人看此書。但此書註家頗多。惟張隱菴以經註經。極簡極明。兄若欲看此書。必詳看張君註。方有大益。其書靈樞九卷。素問九卷。先看素問。後看靈樞。方有名路。此皆弟之所聞於友朋者也。澄兄欲弟明年教甲五讀書。一則為省錢計。二則他人教亦無十分盡心者。弟始以自己讀書不多。不可教人。再三力辭。而澄兄不允。弟繼思之。甲五現在只要解書。弟若詳看註釋。亦有略解得些者。而甲五聽得。亦能略記字義。則於甲五有益。弟欲解書與甲五聽，則弟自己不得不詳細看明。是弟更有大益。且常常聽甲五背書，或可以聽熟一二經。尤弟所心願。既為甲五之師，則一言一動更有不敢一毫苟且者。有甲五以閑其身，則弟不能常常歸家，家中雖有事亦不便常常呼弟歸去。則每日或可多看幾頁書。豈不甚幸。澄兄夫婦子女往腰裏住。則母（母大人前已欲弟帶上去，澄兄亦欲弟帶上去。弟覺得不是道理，故決志不帶。）大人未必全無兒女情。弟已決志不帶內人上去。使他常跟母大人，一則母大人多一媳婦承歡，二則內人可常觀法，三則父大人若出外，母大人有人侍宿，四則內人有母大人照管。弟亦可以放心。母大人亦願帶內人，內人亦願跟母大人。弟則十日內帶甲五歸省親一次，或延擱一日，一則可以流盪血脉，二則舒暢一日，亦是快活。至若弟教甲五讀書。必殷勤耐煩。不求速效。只求有常。不求多讀文詩。只求書熟。能解字義。不求其能達。只求其循謹。不使之以讀書為苦。而使之樂於從。弟身教之不足。以言教之。言之不足。且長言之。此弟之鄙志。未敢將來自信其能踐也。然而願自勉焉。至於兄弟叔嫂之間。斷不至有猜疑之心。遂成嫌隙。兄可放心。五十姪女已長大成人。女工事事可做矣。凡大人所吩咐者。亦頗聽話。六十姪女已學紡綿花。二姪定朱堯階先生女為室。請弟為媒。大約明年正月堯師上門訂盟。七十姪女腳已細。亦能紡績。九姪女體頗清。肯呼人。八姪女體頗肥。甚安靜。四姪較三姪沉靜多多。已定江行九十三舅爺孫女為室。約明日訂盟。是溫兄說媒。先本是江家請叔父。叔父請溫兄也。蘭

姊去年與溫兄。大傷和氣。其事是蘭姊不是。弟亦不能縷述。溫兄氣性太躁。不善
從中調停。遂至兩〻不是。現在他兩人外面亦不甚親洽。內裏頗恨如仇人。蘭姊為人。處
〻見小吃不得一點虧。從前自死其四子後。未免著急太過。遂至心中不明。開口怪人。事
〻怪人。現在想急轉來了。不甚著急。不多言。不輕易怪人。父親澄兄為他打主意。因他
自己要作田。遂教他自己作田。現在一心努力作田。甚勤儉。亦頗有一點小算盤。體亦
頗好。只在今冬。必搬去他所買之吊〻嘴塘屋住居。其夫呼頗知應。飯頗知吃。總不
管事。不簡潔。其二子大。不甚聰明。亦不甚十分愚蠢。蘭姊有意送他讀書。近還無好
先生。又無妙便處。其二子又不肯用心讀書。恨不知於。亦難怪也。此弟所以不敢打破。却又
古

不敢僭踰。蕙姊亦甚勤儉。然待聘今年。實在不安分。東借西擬。已欠帳數十千。
已數月未至我家。儘可棄之。不必理會。弟因父母之所不忍棄。不得已。呼他來前。
痛為懲責。他幸受過。對弟云。將來必痛改前非。對父大人亦如是云。父大人因他
受過。正色告他一層。又肯提起他。將來他所欠帳。明年後年即可完清。他今年被
討帳者逼得要死。他自己亦云吃了虧。看他似有一點悔心。或者從此以後。變為
好人。亦弟等之所欣幸。然而弟此時不能為他畫押也。再過幾個月。有的信與兄。
其二子讀書。弟未去查功課。將來能讀書成器與否。弟不敢斷。觀其大勢。恐不免為
十五 浮躁一路人。蘭蕙二人今年爭水大傷和氣。其所出之言。弟雖未查其詳。聞他人言。實

有不堪聽者。父親已各痛罵一會矣。將來同居必不安然。弟已與 父大人商量。將來必有善為處置之法。兄可放心。他兩人現在外面亦通言。心中我就生怕你好。你就生怕我好。到底是丈夫不賢之過。甚矣擇婿之難也。楚善八叔其病甚重。一身徧腫。時時刻刻要遺矢。卻又不成矢。面上之腫。幾於眼睛不能視。且無血色。現在已在床上睡月餘。未在地下坐矣。一切錢項盡已用空。卻總不好。所幸一身無一點痛處。眼睛神光頗好。聲音好。心中一切甚明白。口味好。每餐可吃大碗飯。然而欲救出命來則甚難矣。其二子則不事奉。惟一女（已許人未嫁）伺候。二伯祖母雖著急。身體尚健。其各姪不過間數日來問一會。觀此情形。亦甚可憐。添子坪兄弟不和。弟 揣大意。德七爹因其妻有癲病。不理兒女事。

十六

十七

欲討小。又不好遽形之言。又恐各兄弟不肯。故日日尋老兄相角。其兄弟或為愛惜錢財起見。亦不因而成之。其母因其草事太甚。亦無如他何。將欲請族人分家。丹閣十叔剃心甚重。從無恩義之意。太不以血性待人。將來必走不起。勤七叔吃人總不留皮。將來亦必無好處。彭茀安先生。現未找得館所。此人甚勤。亦頗俗。教書不甚盡心。他待我家處々頗恭敬。我家待他亦如之。膺一叔明年大約不得在添子坪教書。歐陽牧雲已補廩。其餘各親戚家皆如常。弟亦不能縷述也。紀澤姪配賀耦翁女。賀氏家教甚好。據羅山霞仙云。此女子必載大福。父親以兄之信如是。又以女子之好。家教之好。故特力為之玉成。敬賀敬賀。兄前信言辦左光八事。及粮餉事。其於利害之際。見之甚明。思之甚遠。佩服之至。又言官填實授。撫藩亦不能作主。弟實不知。然而官既如此之好。又章程初定。總以久任為妙。尚祈 兄助一臂之力。為幸。弟近來將 兄往年家信翻看。見 兄於 堂上大人。實在恭敬。贈族戚之信。實在有道理。教諸弟讀書。實在殷勤。深堪佩服。弟欲 兄此後寫信。弗用信箋。無論行楷。總以頁子寫。以便裝釘。庶後人知所取則。 兄以為可否。梁葉莊係 兄同年。曾託 兄請 封。兄已應允。尚祈留心辦就。寄渠為感。此會寫信甚長。而未言及銀錢用數。蓋以澄兄必詳書一切。故不贅。此信語雖無倫次。而事頗真。而情頗摯。伏乞 詳覽。即請 陞安。并請 長嫂夫人坤安。姪兒女均吉。恭道 紀澤賢姪 大喜。

十月初十接信起。止此

九月初六日申刻寫 初七日申刻畢。 國葆弟叩上。

弟國葆謹呈

長兄大人左右十月弟呈一信未知　父大人已寄　兄否
嗣後家中應酬益多兼以澄兄搬伙更不得閒是以未
寄書問弟自前月十六在腰裏上學日間除教梁姪外
可看書約二十頁總不能記亦不專心之咎也明年當知
自勉焉弟未寫日記已有月餘蓋因在家中不能且
此事實是虛文吾人日間言動不能一一相當即過後知
悔記以為戒至異日而言動之不相當如初也即再記之

於簿且將視為故常、而喪其羞惡之心矣、若夫妄念游思、日間不知幾許、記之固不可勝記、且徒揜著以自欺也、不如將寫日記之功、易之以看書、則獲益多多矣、此弟所以中止也、竊以人不可不常看聖賢之書、以為持身處世之本、弟有月餘未看書、而日所接見者又非盡正人君子、每與若輩言及做販賣之事、致富以自豪、此心未嘗不油然以動、迹來閱訓俗遺規、而後知行吾素者、真足俯仰自寬、彼趨利之人、徒以自勞、非以自樂也、自

今以始弟知所以自愛矣所可懼者弟無堅持之志而又
無有學有識之人以往來於其間裁成之激勵之其所進
者少故其所得者淺也澄兄自搬伙以來極勤極儉而又
戒煙酒以自珍其體其於弟也處處以先生禮節相待
即弟亦不敢不振興以自立矣　父大人以邑中公事羈
身　叔父則見信於鄉家中諸事惟沅兄任之温兄以納
妾事被外人讒間以致與　叔父兩相疑現尚未偕梁姪日
可讀四百字易經今冬可讀完而前所讀之書俱不熟

度亦不能久聞弟有兩月未至蘭姊二姊家聞迩來尚相
安待聘總不思家終非知艱苦之人弟亦將不屑教也
母大人今冬愈見康健常對弟輩云明年秋冬必欲進京
看兄兄聞此言應樂甚矣弟擬廿二日散學書此不
詳餘載諸兄信中即請
福安並請長嫂夫人順安兼問　姪兒女近好恭叩
閤宅年禧
咸豐元年十二月初七日未刻自下腰裏書房叩上

第國葆恭叩

長兄大嫂夫人新禧去冬十二月接 兄十一月手書得知一切

不勝欣幸書中所言培養本支甚得西銘之意然

而充其量者惟 兄任其責也家中去冬過年不鬆

不緊借錢百千其餘則東扯西撥而司其事者則惟

沅兄一人送親族一項均依舊例惟熊家未送沅兄

以其岳母不在故也沅兄初四日辰刻生一子極快便

極祖大極平安真是　天地祖宗相佑道喜々々

父大人去冬辦漕事極體面同享太平之福何

樂如之　叔大人去冬在鱲魚塡買一地在

竟希公坟山對門係彭人的價值十四千堯階看

云水蟻可免　父大人買南六田三畝在竹山灣對

門蓋猶是當日　祖大人所荅應者溫兄納妾

之事竟是　父親作主總在正二月也弟於去冬

十二月十六日散學歸全未看書總是心不好看亦未理事大半悠忽度日今擬十七日上學父大人有意命溫沅兩兄同往讀書亦大樂事母大人康健如常照管諸事如常而身體太大穿衣穿腳頗難特請一女工伺候甚合母大人意收雲欲進京弟詢其意云是家計艱難又恩兼 兄提拔若再遲幾年恐父母年老

弟思渠與　兄至戚而其為人亦敦篤可靠　兄
若今年可得差則渠亦可為　兄照管家事
弟觀其行期已定未及打破以　兄之處置得宜
自必兩相安也草此不詳不恭即請
升安並問　姪兒女近好
咸豐二年新正初十日巳刻叩上

長兄大人座右月之十日草呈一信計二月可抵京昨日接兄十月手示得知一切不勝欣喜澤姪書法筆墨非阿弟當年所能及也將來自有大用但二十歲以前全靠父師之裁成切不可以官事冗忙而聽其自為主張耳　兄前信言賀女係庶出不願結姻弟亦以婚事重大所以不敢妄參末議今　兄亦定要對賀女為媳並以前說為非君子之所以為君子固如是也夫人非聖賢孰能無過況此并非其過而　兄即認為過而勇於改之茲其所以有異於眾人也弟生稟愚初學不加力頻年以來所言所為反道悖德恬不知改亦可謂無似者矣

吾兄虛懷下氣以能問於不能即此已可徵其局量之大也弟亦何敢窺
測萬一而妄議高深哉夫今之學者類多暗於責己而明於責人其繩
人也嚴而正其自治也寬以恕弟既亦惟抱慚守拙而已矣春夏之交擬隨意
看書不求多不求記不求甚解夜間則看四書文三八課期仍作詩文蓋爲
大場計也沅兄下省與羅山霞仙二人讀書自有長進澄兄勤儉正直廉
介如常溫兄納妾事大約在二月 堂上老人均康健如常澤姪訂盟
一切事宜諸兄自知料理 兄可放心梁姪體不甚結實不能苦讀書此
詳即請 升安 長嫂夫人順安 姪兒女均吉 正月廿一日午刻季弟國葆在腰里百叩

季弟國葆恭道

長兄大人陞禮部侍郎大喜即問

合宅平安

己酉年二月二十三日燈下呈

弟國蓀恭道

長兄大人
長嫂夫人大喜并道

三姪大喜

三月初八夜自白玉堂拜呈

弟已發信由永市寄
因黄六芳信封太厚是以拼開
將家信藏渠書內寄來
叁弟華批

弟國祿敬請

長兄大人

長嫂夫人福安并問

姪兒女均好

四月初六日自白玉堂呈

統兄大人左右日前接京信并 兄手書得知一切弟前寄書
長兄由永市寄者不知 兄已收到與否耶兩來書并華
殷勤之意溢於言表奈亦捏舟有之病多近來書雖未有
所悲愁思頗減每日照背如常原心發見悶亦東緒西閱得
閒來有些詩文則未做也間五六七月則歸看 母親大人幸
神靈默佑 母大人病痛全無眠食如常家中大小男女
皆好溫兄所納之妾而日好性情十好大小亦相安家之福也溫
兄在家理事之暇亦我讀書作文則未也 兄在賀宅想是相

安扃書錢何作文錢何家中一切不必慮及只一心圖上進而已

弟則願效奔走也此時至七月亦不久弟之文章尚不知從何處

取收還一事總是拜託老兄萬一天地反常朝廷之名器

竟加於不讀書之人則甚非所弟之素願也然亦只無是

理也兄之身體不甚十分壯實亦不必苦讀伏祈保養為幸

弟今早歸省親聞明候月着人走省做聊草數語附聞

長兄處弟未寫信求兄將稟安帖附去即請

旅安

四月初六日巳刻弟國藩在白玉堂草叩上